THE

Story of

DOCTOR DOLITTLE

THE *Story of* DOCTOR DOLITTLE

THE STORY of DOCTOR DOLITTLE

1

天才動物醫生杜立德

Hugh Lofting 休·羅夫汀 著
陳柔含 譯

小樹文化
Little Trees

THE STORY of DOCTOR DOLITTLE ①

天才動物醫生
杜立德

作　者：休・羅夫汀（Hugh Lofting）
譯　者：陳柔含

出　版：小樹文化股份有限公司
社長：張瑩瑩｜總編輯：蔡麗真｜副總編輯：謝怡文｜責任編輯：謝怡文｜行銷企劃經理：林麗紅
行銷企劃：李映柔｜校對：林昌榮｜封面設計：周家瑤｜內文排版：洪素貞

發　行：遠足文化事業股份有限公司（讀書共和國出版集團）
地址：231新北市新店區民權路108-2號9樓
電話：(02) 2218-1417 傳真：(02) 8667-1065
客服專線：0800-221029
電子信箱：service©bookrep.com.tw
郵撥帳號：19504465遠足文化事業股份有限公司
團體訂購另有優惠，請洽業務部：(02) 2218-1417分機1124

法律顧問：華洋法律事務所 蘇文生律師
出版日期：2024年3月27日初版首刷

ISBN 978-626-7304-40-2（平裝）
ISBN 978-626-7304-38-9（EPUB）
ISBN 978-626-7304-39-6（PDF）

國家圖書館出版品預行編目資料

天才動物醫生・杜立德①／休・羅夫汀（Hugh Lofting）著；陳柔含 譯 -- 初版 -- 新北市：小樹文化股份有限公司 出版；遠足文化事業股份有限公司 發行，2024.03
冊；　公分

譯自：The story of doctor Dolittle
ISBN 978-626-7304-40-2（第1冊：平裝）

873.57　　113002198

First Published in 1920 in English under the title *The Story of Doctor Dolittle*

特輯照片 ©Wikimedia Commons

小樹文化 官網　　小樹文化 讀者回函

推薦序

《天才動物醫生．杜立德》讓孩子重新找回對大自然神祕驚奇的感覺

文／李偉文（牙醫師、作家、荒野保護協會榮譽理事長）

家裡有養貓或狗的人，應該常常會想「假如牠們會說話該多好？」我們看到樹上的小鳥啾啾叫，也會很好奇牠們究竟在講什麼呢？

傳說古代的所羅門王*擁有一只神奇的戒指，只要戴上這個指環，就能聽懂鳥獸魚所說的話，與大自然對談。

* 編注：《聖經》記載中以色列王國的第三位國王，擁有超人的智慧，統治期間大約為西元前九七〇年～西元前九三一年。

從古至今，人人都期盼也能有這枚聽懂動物言語的戒指。這個夢想，在一百多年前英國土木工程師所寫的一系列有趣故事中實現了。

這個天才動物醫生的故事，是描述一位能和各種動物說話的醫生兼自然學家「杜立德」，在他養的鸚鵡教導下，他學會了動物的語言，知道動物罹患的病痛之後，就成為能夠替牠們治病的獸醫，他的診所也因此收養了各種無家可歸的動物。

杜立德醫生帶著很有智慧的老鸚鵡波妮、很會用腳掌做家事的鴨子達達，還有猴子奇奇、狗狗吉卜，以及貓頭鷹圖圖，為了拯救非洲生病的猴子而展開不可思議的旅行。

情節雖然令人匪夷所思，但卻沒有感覺到不合理的地方，好像事情就會這麼發生，而杜立德醫生也理所當然的就這樣處理。

杜立德醫生總是用朋友的態度關心跟對待這些動物，而且因為了解他們而尊重他們的生活習慣。這也提醒了我們，雖然我們不能像杜立德醫生一樣，直接跟動物講話，但是我們可以仔細觀察動物的行為，只要有耐心，還是可以慢慢了解身邊的動物。而且，雖然我們可以直接跟同學朋友講話，但是如果沒有足夠的同理心，也可能會誤解他們的意思。

杜立德醫生讓我們知道「每個動物也像人一樣，是個會快樂、會痛苦、有情感的生命，都應該平等對待」。

這部經典名著也是環境教育很重要的啟蒙書，雖然環境保護已經成為普世價值，環境教育也成為顯學，但是人與自然的互動反而愈來愈疏離；除了因為物質科技的進步與都市生活型態的關係，當大自然變成考試科目與研究對象之後，我們也就忘了自己其實也是環境的一部分。我們屬於大自然，也無法脫離大自然。

關心自然與保護環境最大的挑戰，是讓孩子尊重其他生命。這不是透過知識上的教導，而是能夠讓孩子真心感受到大自然的豐富與美好，並且被這些動物生命所感動。

透過精采的動物故事，讓孩子重新找回對大自然神祕驚奇的感覺，這是我們能給予孩子最佳的禮物，**這種好奇心也是科學精神與自然教育的源頭。**

當孩子有了好奇心之後，我們也比較能夠引領他們在田野土地上奔跑，流下汗水、玩著泥巴、皮膚感受到溼潤的顆粒和自然散發的氣味，讓他們觸摸，聞到、看到、聽到真實的世界。

台灣有許多美好的環境，可以讓孩子留下生命感動的經驗，只要我們願意關掉電視、走出家門，就有機會回歸人類心靈的原鄉。這些來自大自然的呼喚，將會在疲憊困頓時，給予我們永不枯竭的生命力量，就像閱讀帶給我們的感動。

推薦序

值得讀者珍藏、充滿童趣與想像力的原畫版本

文／張美蘭（小熊媽，親職、繪本作家）

「杜立德醫生」（英文為「Doctor Dolittle」）是一個出生自英國、後來在美國工作的小說家休・羅夫汀所寫的兒童文學作品。這本書曾經獲得美國紐伯瑞兒童文學獎金獎，在美國童書界而言，這是一個至高無上的讚譽！

本書讓我想到一個人，也就是發現生物界「印痕行為」（Imprinting）的動物行為學家——勞倫茲（Konrad Lorenz）。他所寫的《所羅門王的指環》（*King Solomon's Ring*），第一章便說：

「《聖經》上記載：大衛王的兒子，賢明的所羅門王曾言及：獸、鳥、蟲、魚！」

這種能夠與動物溝通的能力，在杜立德醫生的身上，也得到了實現！不過，杜立德醫生是經由「鸚鵡波妮」那裡，學會了各種動物的語言。鸚鵡就是他語言學的老師，但他本人也十分好學，所以許多動物都願意教他語言。

這次小樹出版的版本，真的比較特別，收錄了「一九二〇年初版手繪插圖」！總共有插圖五十三張。這些插圖，皆由作者休・羅夫汀親手繪製。

我一直很欣賞能寫又能畫的作者。以前我與老三共讀此書時，就曾遺憾：插畫怎麼這麼俗氣？如今，竟然能看到最早版本、由作者親自繪製的插圖，覺得十分驚豔與開心！**這些作者的原畫，充滿童趣與想像力，十分值得讀者珍藏！**

本書的另一個特點，就是一併收錄了「杜立德醫生的創作背景特輯」（請參考本書第18頁）！同時也介紹作者的生平與創作歷程，小讀者看完以後，能深入了解本書如何影響兒童文學與電影界！

我家老三董事長，特別愛《天才動物醫生．杜立德》的故事，本來，他也是不太肯看小說，但是看過二〇二〇年電影，也就是由小勞勃．道尼（主演電影《鋼鐵人》的演員）飾演的《杜立德》後！喜歡「漫威英雄電影」的他，就深深被這故事優秀的文本所吸引，後來才看小說。

如果您家孩子對讀文字書有所遲疑（或是閃躲！），我建議也可以先找相關影片，欣賞以後再讓孩子看這本文字書。

本書其實還有很多系列作品，而獲得一九二二年紐伯瑞兒童文學獎的是《天才動物醫生．杜立德②航海記》（*The Voyages of Doctor Dolittle*，小樹文化預計於二〇二四年六月出版）。如果孩子有興趣，我個人是推薦看完本書後，繼續找相關作品來讀！全系列共十二本，包括：

❶《天才動物醫生．杜立德①》（*The Story of Doctor Dolittle*, 1920）

❷《天才動物醫生．杜立德②航海記》（*The Voyages of Doctor Dolittle*, 1922）

❸《天才動物醫生．杜立德的郵局》（*Doctor Dolittle's Post Office*, 1923）

❹《天才動物醫生．杜立德的馬戲團》（*Doctor Dolittle's Circus*, 1924）

❺《天才動物醫生．杜立德的動物園》（*Doctor Dolittle's Zoo*, 1925）

❻《天才動物醫生．杜立德的大篷車》（*Doctor Dolittle's Caravan*, 1926）

❼《天才動物醫生．杜立德的花園》（*Doctor Dolittle's Garden*, 1927）

❽《天才動物醫生．杜立德在月球》（*Doctor Dolittle in the Moon*, 1928）

❾《天才動物醫生．杜立德歸來》（*Doctor Dolittle's Return*, 1933）

❿《天才動物醫生．杜立德和祕密湖》（*Doctor Dolittle and the Secret Lake*, 1948）

⓫《天才動物醫生．杜立德和綠色的金絲雀》（*Doctor Dolittle and the Green Canary*, 1950）

⓬《天才動物醫生．杜立德的打滾沼澤冒險記》（*Doctor Dolittle's Puddleby Adventures*, 1953）

最後，很榮幸能推薦這麼棒的文學作品，希望您家孩子也跟我家孩子一樣，成為杜立德醫生的鐵粉！

推薦序

繼《愛麗絲夢遊仙境》之後，眞正的經典兒童文學

文／休．沃波爾（Hugh Walpole，英國小說家）

有些人步入中年後開始對過去有所感慨，認為今日不像三十年前那樣，有專門為孩童寫的書。在此，我說的是「為孩童寫的書」，因為「有關孩童的書」這種新興的現象現在非常受歡迎，彷彿這些書就像小小的藥丸，或是用某種格外科學的方法所孵化出來的。嘗試過的人都知道，「為孩童書寫」是非常困難的，「書寫孩童的故事」則非如此。而我深信，只有深具孩童觀點與情懷的人才能做到，而其中便有《小公爵》（*The Little Duke*）和《鷹巢裡的鴿子》（*The Dove in the Eagle's Nest*）的作

者；《四分之一便士的熨斗》（*A Flatiron for a Farthing*）的作者；《短促人生》（*The Story of a Short Life*）的作者亦然；《愛麗絲夢遊仙境》（*Alice in Wonderland*）的作者更是不能不提。最大的錯誤莫過於：成人都以為學孩童的用詞和語氣、用上對下的方式和格外挑剔的讀者說話，就能達到效果。

然而，作者的想像必須是孩童的想像，但又成熟的具有連貫性，如此一來，若以《愛麗絲夢遊仙境》為例子，裡頭的皇后便會以孩童眼中的模樣呈現，而她也在所有驚心動魄的冒險裡始終維持著自己的樣子。白兔在趕路時套上手套的絕佳筆法也絕對是孩童視角，但是讓白兔擔任領路的角色並導入愛麗絲的冒險卻是大人成熟的視角。

天才是少數，我們即使不過度讚揚過去，還是可以毫不猶豫的說，在休．羅夫汀出現之前，夏洛特．楊（Charlotte Yonge）、尤因太太（Mrs. Ewing）、蓋提太太（Mrs. Gatty）和路易斯．卡羅（Lewis Carroll）都後繼無人。我還記得，六個月前在北安普頓（Northampton）史密斯學院（Smith College）的漢姆郡書店拿起《天才動物醫生．杜立德①》的歡喜，光是羅夫汀先生的其中一張畫，就足以讓我喜歡了。我打開書本時無意瞥見了猴子手拉手串在一起越過深淵的圖畫，我繼續往下翻，又看見邦波王子在讀童話故事，還有一張畫是杜立德醫生的房子。

但是僅有圖畫還不夠——雖然大部分的作者都畫得很差——因為要是有人碰巧對線條頗具天分，便會讓人開始期待他的文字，而羅夫汀先生正是這樣的人，事實證明也確實如此。讀了此書的第一段開頭「從前從前」之後，一定能感覺到羅夫汀先生對自己的故事深信不疑，而他也期望你有同感，這是說故事的人必須具備的第一要素。接著，你會在讀的過程中發現他獨具慧眼，能看見最剛好的細節，此書第一章〈沼澤窪鎮的杜立德醫生〉引人入勝的句子，便是孩童那樣愛探究的心思所無法抵抗的：

「除了庭院盡頭那座池塘裡的金魚之外，他還在食物儲藏室裡養了兔子、在鋼琴裡養白老鼠、在櫃子裡養了松鼠、在地窖裡養了刺蝟。」

若是再往下讀一點，你就會發現杜立德醫生不只是延伸出各種精采冒險的軸心，也是具原創性的人物和活生生的角色。他是非常善良慷慨的人，寫過故事的人都知道，比起不和善的卑鄙小人，要把善良又慷慨的人寫得有趣其實困難許多。但是杜立德醫生很有趣，這不僅是因為他有古趣的特質，也因為他具有智慧並了解自己。無論是年紀多小的讀者，認識他之後很快就會知道，要是自己遇上麻煩，或許不盡然是醫學上的問題，就是會去找杜立德醫生尋求建議。杜立德醫生似乎從書頁裡伸出了手、抓住了讀者的手，我可以想見他能活躍好幾個世紀，身後就像「哈梅恩的吹笛手」那樣跟著許多孩子。杜立德醫生不僅討人喜愛、有活力又可靠，創作者也在書中其他角色身上灌注了同等的生命力。

讓動物栩栩如生、讓他們說話並擁有類似人的行為，是極為困難的事情，路易斯・卡羅完全克服了這個困難，但是繼他之後直到休・羅夫汀之前，我難以斷言有誰達到了這樣的效果，即使是《柳林風聲》（*The Wind in the Willows*）這部大作，我們也無法完全信服。但是杜立德醫生的朋友極具說服力，因為創作者從未強迫他們放棄自己的特質。就以鸚鵡波妮來說，她從頭到尾都不做作，是真切的關心醫生，但她也在乎一般鳥兒會在乎的事情，當她和朋友的緣分告一段落，也有自己的路要走。羅夫汀先生在這些了不起的動物身上投注心力，給了他們某種可信度、展現出非凡的說服力。讀過這本書的人很難不相信雙頭羊駝的存在，就算沒有圖畫也有足夠的可信度，不過第七章〈不可思議的猴子之橋〉的圖畫更徹底讓這件事情成立。

這本書著實是一本天才佳作，而天才佳作的成功元素是難以被解析的。書裡有詩意、有幻想、有幽默，也勾起了一點點的悲情；但最重要的是，其中有些情節都讓人信以為真，無論是四歲小孩、九十歲的老人，還是四十五歲的成功銀行家。我不曉得羅夫汀先生是如何辦到的，我想他自己也不知道。繼《愛麗絲夢遊仙境》之後，這是第一本真正的經典兒童文學。

天才動物醫生杜立德的奇幻旅程，來自戰爭期間對孩子的愛

文／小樹文化編輯部

讀著精采的《天才動物醫生．杜立德①》時，你是否會想：「寫出這樣充滿奇幻想像，但又保有對動物之愛的故事的人，究竟是誰呢？他為什麼會有這樣的靈感，又為何會創作出這個故事？」讓我們一起來看看作者休．羅夫汀的人生，找出這些問題的解答。

《天才動物醫生・杜立德》作者，休・羅夫汀。

從孩童時期，就熱愛動物、熱愛說故事的作家

一八八六年，休．羅夫汀出生於英國美登赫地區（Maidenhead），他從童年時期，就喜歡說故事給兄弟姊妹聽，也喜歡大自然與動物，最喜歡跟媽媽到寵物店去看小狗。而對動物、對自然的喜愛，或許就是為何他的筆下會有這麼多有趣的動物角色的原因。

休．羅夫汀從八歲起，就進入傳統天主教學校聖瑪莉山（Mount St. Mary's）就讀，並且在此接受了十年的基礎教育。隨後，為了能擁有穩定的工作，休．羅夫汀先後在美國麻省理工學院（Massachusetts Institute of Technology）以及倫敦理工學院（London Polytechnic）就讀土木工程。

青少年時期的休．羅夫汀。

©Wikimedia Commons

畢業後，休．羅夫汀轉換

了幾次工作，他先是在加拿大執行探勘工作，隨後到非洲與古巴擔任鐵路工程師。然而，在多次換工作之後，休．羅夫汀發現自己似乎並不適合這些工作。於是在一九一二年，他決定到美國紐約成為全職作家。而同年，他也與第一任妻子芙蘿菈．史默爾（Flora Small）結婚，並且在一九一三年與一九一五年分別生下大女兒伊莉莎白（Elizabeth Mary Lofting）與大兒子柯林（Colin MacMahon Lofting）。

因為對兒女的愛，而誕生的「杜立德醫生」

然而，美好的時光並不長久，一九一四年爆發了第一次世界大戰，雖然羅夫汀一家居住在美國，但戰爭依舊侵入了他們的生活。一九一五年，休．羅夫汀開始為英國資訊部（British Ministry of Information）工作，並於隔年加入英國陸軍底下的愛爾蘭衛隊（Irish Guards）。在這段期間，休．羅夫汀感受到了戰爭的殘酷與可怕，然而為了不讓身在遠方的兒子、女兒從信件中感受到戰爭帶來的傷痛，休．羅夫汀決定寫下奇幻、充滿動物的溫馨故事，而這些故事，就是《天才動物醫生．杜立德①》的雛形。

一九一九年，在第一次世界大戰中飽受身心創傷的休．羅夫汀，決定跟家人一同回到美國紐約。這時候的他，已經在妻子的建議下開始思考是否有機會出版杜立德醫生的故事。在前往美國的郵輪上，休．羅夫汀遇見了英國詩人與作家塞西爾．羅伯特（Cecil Roberts），這位知名的英國作家相當欣賞休．羅夫汀的文筆，也對杜立德醫生的故事相當好奇，而當他問羅夫汀：「杜立德醫生的原型是誰？」時，羅夫汀回答：「我的兒子。」從這段有趣的軼事，我們會發現，原來塌鼻子、身形圓潤的杜立德醫生，背後的原型便是休．羅夫汀的大兒子柯林。

從沒沒無聞到成為經典，全世界孩子都喜愛的「杜立德醫生」

透過塞西爾．羅伯特的幫助，杜立德醫生的故事終於在一九二〇年上市。成千上萬的孩子愛上了「杜立德醫生」，有些孩子甚至認為「杜立德醫生」真有其人。休．羅夫汀開始收到世界各地孩子的來信，孩子們出於對故事的喜愛而不是因為學校課業所寫的信件，對羅夫汀來說相當珍貴。而孩子們在信件中提出許許多多天馬行空、有趣而豐富的建議，也讓羅夫汀下定決心寫下《天才動物醫生．杜立德②航海記》以及接下來的許許多多續集。

《天才動物醫生．杜立德①》成為了孩子們喜愛的經典兒童文學，而《天才動物醫生．杜立德②航海記》更榮獲了一九二三年的「紐伯瑞兒童文學獎金獎」（Newbery Medal Award）殊榮。

儘管《天才動物醫生．杜立德》系列故事在兒童文學上占有相當重要的地位，但是休．羅夫汀並不認為自己是「兒童文學作家」，對他來說，他可以為所有年齡層所寫，而獲得了兒童文學界的讚譽，只代表了他也能寫出給孩子的故事。

儘管休．羅夫汀於一九四七年因病與世長辭，然而他所寫下的《天才動物醫生．杜立德》系列依舊不斷被改編為電影、電視劇，且備受孩

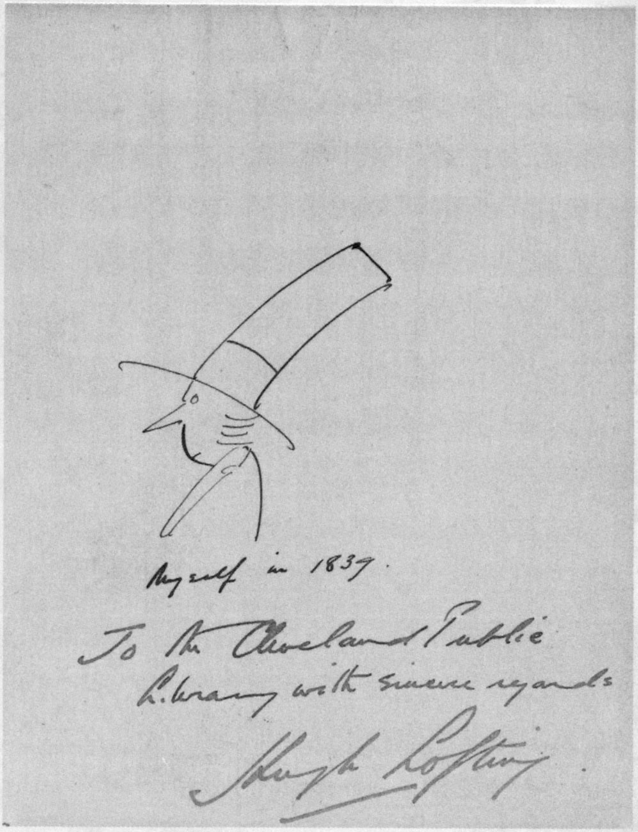
Myself in 1839.
To the Cleveland Public
Library with sincere regards
Hugh Lofting.

休・羅夫汀的親筆信與親手繪製的插圖。

©Wikimedia Commons

子喜愛，例如：一九九八年由艾迪・墨菲（Eddie Murphy）主演的《怪醫杜立德》，以及二〇二〇年由小勞勃・道尼（Robert Downey Jr.）主演的《杜立德》，都掀起了許多討論。

「天才動物醫生・杜立德」的迷人之處

《天才動物醫生・杜立德①》初版至今，已經有百年之久。但是，這樣一本故事書為什麼能在當年引發兒童文學界的轟動，且至今依舊是許多孩子喜愛的故事呢？

《天才動物醫生・杜立德①》出版的年代，是第一次世界大戰剛結束。飽受摧殘的世界，或許就是需要這樣一本真摯、充滿想像力的故事，讓孩子的心靈能在幻想中徜徉，並且隨著杜立德醫生到世界各地旅行、冒險。

而從古至今，「會說話的動物」都非常吸引孩子的目光。動物是孩子的朋友，不論是身邊常見的小狗、小貓，就連不常見的大象、獅子、長頸鹿……都受到孩子的喜愛。而在休·羅夫汀所生活的年代，孩子只能從動物園或是大人口中的描述、圖畫，來了解這些生活中不常見的動物，因此不難想見《天才動物醫生·杜立德①》對當時的孩子來說是多麼特別，且相當具吸引力。

儘管「杜立德醫生」的故事中描繪了許多動物，但是這些動物並不一定存在（例如雙頭羊駝），就連生活環境、習性可能都與現實不符（例如猩猩、猴子、絨猴並不會生活在一起，而且絨猴的主要棲地在中南美洲，而不是非洲）。但是，「杜立德醫生」的故事可以滿足孩子對冒險的渴望、對外面世界的憧憬，並且富有對動物的關愛，而這些元素，也是現代孩子所需要的。孩子可以在故事中與杜立德醫生一同冒險，建立關愛動物的心、建立人類與動物是平等的概念、學會在遇到困難時想辦法克服、學會在他人遇到困難時伸出援手……《天才動物醫生·杜立德》系列裡所呈現的，正是勇氣、善良、真誠的美好品德，並且帶給世世代代的孩子正面的影響。

→1920年出版的《天才動物醫生．杜立德①》。

©Wikimedia Commons

1922年出版的《天才動物醫生・杜立德②航海記》

©Wikimedia Commons

角色介紹

約翰．杜立德醫生

居住在沼澤窪鎮的約翰．杜立德，原本是一位人類醫生。但是因為杜立德醫生經常將小動物帶回家（像是刺蝟、小老鼠、鱷魚……），結果來看病的病人都被嚇跑了。還好因為鸚鵡波妮教會杜立德醫生動物語言，他決定改為醫治動物，最後還成為了動物們最喜愛的醫生呢！

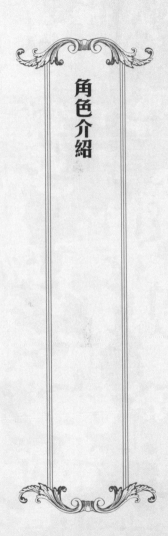

鸚鵡波妮

聰明的鸚鵡波妮已經有大約一百八十二～一百八十三歲了。她教會杜立德醫生動物語言，並且經常運用自己的聰明才智，幫助杜立德醫生度過難關。

猴子奇奇

猴子奇奇是杜立德醫生從一位手搖風琴師手上搶來的，因為那位手搖風琴師對奇奇並不好。當非洲猴子得了傳染病時，也是奇奇拜託杜立德醫生前往非洲幫忙，才促成了杜立德醫生的這次旅程。

小豬葛葛

小豬葛葛非常膽小，常常因為遇到困難就開始哭泣。他也很喜歡跟小狗吉卜鬥嘴，不過也因為葛葛，讓杜立德醫生的冒險旅程多了一點歡樂。

鴨子達達

擅長游泳的鴨子達達是杜立德醫生的好幫手，當醫生的高帽子被吹落海中時，達達就會幫忙找回來。

小狗吉卜

小狗吉卜也是杜立德醫生的好幫手，他有最靈敏的嗅覺，可以幫醫生找到他想找的人。

貓頭鷹圖圖

擅長算數的貓頭鷹圖圖會幫杜立德醫生記帳，他記得醫生的每一筆花費。圖圖還有最靈敏的耳朵，可以分辨不同動作所發出的聲響。

目錄

僅以此故事，
獻給所有孩子；
不論是真正的孩子，
抑或是保有童心之人。

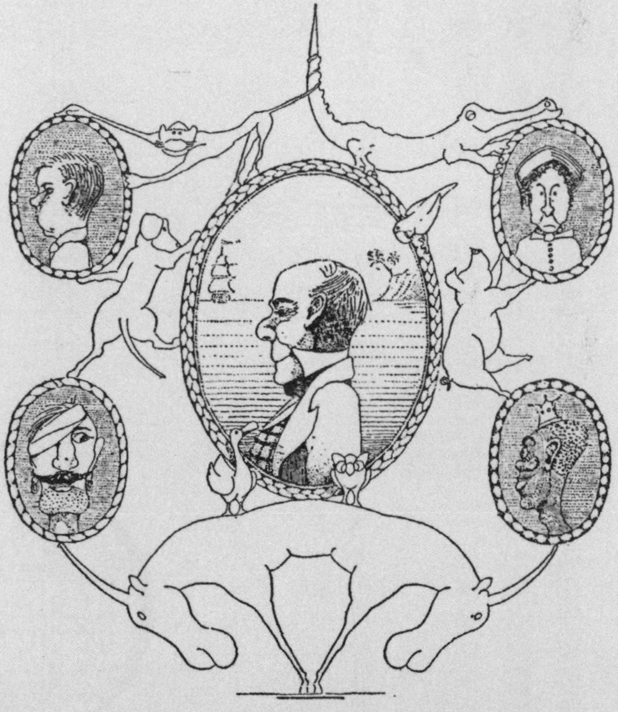

1 沼澤窪鎮的杜立德醫生

從前從前，在很多年以前，當我們的爺爺還是孩子的時候，有一位醫生叫做約翰．杜立德。「醫生」這個稱呼代表他受過正式的醫學訓練，也擁有豐富的知識。

他住在一個叫做「沼澤窪」的小鎮，那裡所有的人，無論老幼，都見過他許多次。只要他戴著高帽走在街上，大家都會說：「杜立德醫生來了！他很聰明喔！」孩子和狗都會跑過去跟在他身後，就連住在教堂鐘樓裡的烏鴉也會點頭啞啞叫。

他位在小鎮邊緣的住家非常小，但庭院卻很大，有寬廣的草皮、石

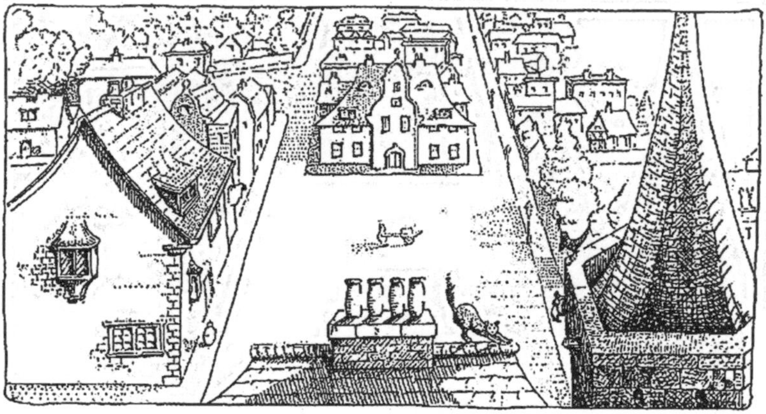

從前從前，沼澤窪鎮住了一位名叫約翰·杜立德的醫生。

頭座椅和低垂的柳樹。他的妹妹莎拉是他的管家，但庭院則是由杜立德醫生自己打理。

他非常喜愛動物，也養了很多寵物。除了庭院盡頭那座池塘裡的金魚之外，他還在食物儲藏室裡養了兔子、在鋼琴裡養白老鼠、在櫃子裡養了松鼠、在地窖裡養了刺蝟。他有一頭母牛與一頭小牛、一匹跛腳的老馬（已經二十五歲了），以及雞與鴿子、兩隻羊，還有很多其他的動物；不過他最喜歡的寵物是鴨子達達、小狗吉卜、小豬葛葛、鸚鵡波妮和貓頭鷹圖圖。

他的妹妹總是會抱怨他養了這麼多動物，把房子弄得很亂。有一天，一位患風溼病的老太太來看杜立德醫生，結果一屁股坐在睡在沙發上的刺蝟身上，之後就再也不來了，改而在每個星期六開車到十六公里外一個名為奧森索的鎮上，去看另一位醫生。

於是醫生的妹妹莎拉就對他說：

「約翰，你在家裡養了這麼多動物，病人怎麼會來找你看病呢？你是一個堂堂正正的醫生，客廳裡卻都是刺蝟和老鼠，這已經是第四位被

那位老太太再也不去找杜立德醫生看病了。

動物嚇跑的病人了。詹金斯地主和牧師也說，無論病得多嚴重，都不會再接近你的房子。我們愈來愈窮，你再這樣下去，那些大人物都不會再來找你看病。」

「可是，比起那些『大人物』，我更喜歡動物啊。」杜立德醫生說。

「你真是荒唐。」他妹妹說，接著就走了出去。

於是，杜立德醫生的動物愈養愈多，來找他看病的人也愈來愈少，最後一個也不剩，除了那位賣肉給貓吃的肉販——因為他能接受任何動物。但是這位肉販並不是特別有錢，一年也只有在聖誕節的時候生過一次病，那時候他只花了六便士*向杜立德醫生買了一瓶藥。

即使是很久以前，一年六便士的收入也不足以過生活。要不是杜立德醫生存了一點錢，誰曉得會發生什麼事。

但他還是繼續養更多寵物，當然也花了很多錢餵養他們，所以他存的錢就愈來愈少了。

後來他賣掉了鋼琴，讓老鼠住在寫字桌的抽屜裡，但這筆錢接著也花掉了，所以他就賣掉每個星期天都會穿的西裝，變得愈來愈窮。

而現在，當他戴著高帽走在街上時，大家都會說：「杜立德醫生來了！他以前是英國西南部最有名的醫生，但看看他現在的模樣，既沒錢、襪子上還都是破洞呢！」

但是貓、狗和孩子，依然會跑過去跟在他身後，就和他富有的時候一樣。

---

*編注：英國舊時貨幣，與現在的英國貨幣名稱雖然相同，但進位制不同。舊制貨幣中，十二便士等於一先令；二十先令等於一英鎊。

2 鸚鵡波妮的動物語言課

有一天，賣肉給貓吃的肉販因為胃痛來找杜立德醫生，他們就坐在廚房裡談天。

「你何不別再醫人了，改當動物醫生吧？」肉販問。

當時，鸚鵡波妮正坐在窗前望著外頭的雨，自顧自的唱著水手的歌謠，但她停了下來，開始傾聽。

「想想看嘛，醫生，」肉販繼續說，「你很了解動物，比那些獸醫懂得還多，而且你寫的那本有關貓的書，哇，真是太棒了！雖然我不會讀書寫字——說不定我哪天也來寫寫看——但我太太席朵是個有學問的人，她都會唸你的書給我聽，真是寫得太棒了！你把所有知識都寫進去了，太讚了。說不定你曾經當過貓呢，畢竟你都知道他們的想法。而且聽我說，你知道嗎？幫動物看病可以賺很多錢。我會叫那些貓、狗生病的老太太都來找你，要是那些貓、狗不常生病，我就在我賣的肉裡面加料，讓他們生病，這樣不就解決了嗎？」

「噢，不，」杜立德醫生馬上說，「千萬不能這麼做，這是不對的。」

「喔，不會讓他們生重病啦，」肉販回答，「我的意思是加點東西讓他們無精打采而已。不過你說得對，這樣對動物不太公平。但他們無論如何都會生病的，因為那些老太太總是餵他們吃太多東西，而且這附近的農場主人只要馬匹跛腳、羊兒衰弱，也都會來，你就當動物醫生吧。」

肉販離開之後，鸚鵡便從窗邊飛到杜立德醫生的桌上，說：

「那個人說得有道理，你應該要這麼做，當動物醫生吧。要是那些愚蠢的人看不出來你是全世界最好的醫生，就別管他們了。照顧動物吧，動物一下子就能看得出來，當動物醫生吧。」

「噢，已經有很多動物醫生了。」杜立德醫生說，一邊將花盆放到窗台上接雨水。

「對，是有很多，」鸚鵡波妮說，「但是厲害的卻一個都沒有。聽我說，醫生，我要告訴你一件事，你知道動物會說話嗎？」

「我知道鸚鵡會說話。」醫生說。

「喔，我們鸚鵡會說兩種語言——人的語言和鳥的語言。」波妮驕傲的說，「我說『波妮想吃餅乾』你就聽得懂，那『卡卡，喔咿，啡啡』呢？」

「我的老天哪！」杜立德醫生驚呼，「那是什麼意思？」

「就是鳥語的：『粥熱了嗎？』」

「天哪！真的假的！」杜立德醫生說，「妳從來沒有用這種方式和我說過話。」

「有什麼用呢？」波妮說，一邊拍掉左翅上的餅乾屑，「我這樣說你又聽不懂。」

「再多說一點，」杜立德醫生興奮的說，還跑去置物櫃的抽屜裡拿了書和鉛筆過來，「別說太快，我要寫下來。有趣，真是太有趣了，好新奇啊，先告訴我鳥語的基本知識吧，慢慢說。」

這就是杜立德醫生知道動物也有自己的語言、可以彼此交談的緣由。那天，一整個下午，外頭下著雨時，鸚鵡波妮就蹲坐在廚房檯面上教杜立德醫生鳥語的字詞，並且寫進書裡。

午茶時間，小狗吉卜走了進來，鸚鵡波妮就和杜立德醫生說：「你看，他在跟你說話。」

「我覺得他看起來只是在抓耳朵。」杜立德醫生說。

「動物不一定都用嘴巴說話，」鸚鵡挑起眉毛，用高亢的聲音說，「他們會用耳朵、腳、尾巴說話，用什麼都可以，因為有時候他們不想發出聲音。你看得出來他正在動一邊鼻子嗎？」

「那是什麼意思？」醫生問。

「意思是『你沒發現雨已經停了嗎？』」波妮答道，「他在問你問題，狗幾乎都是用鼻子來問問題的。」

一段時間後，杜立德醫生在鸚鵡波妮的幫助下，將動物的語言學得很好，可以和他們交談，也能理解他們所說的話。然後，他決定再也不當幫人治病的醫生了。

當肉販告訴大家杜立德醫生要改當動物醫生後，老太太都開始帶吃太多的巴哥犬和貴賓犬過去，農場主人也從大老遠跑來，帶生病的牛羊來看病。

有一天，一匹耕田的馬被帶了過來，這個可憐的傢伙非常高興有人能說馬的語言。

「你知道嗎，醫生，」馬說，「山坡另一頭的那位獸醫什麼都不懂，他已經治療我的關節腫六星期了，但是我需要的是眼鏡，我有一隻眼睛快要失明了，沒道理不讓馬跟人類一樣戴眼鏡啊。但是山坡另一頭的那個笨蛋完全沒有檢查我的眼睛，只是一直給我吃大顆大顆的藥丸。

➜戴上眼鏡後，馬的視力變得比平常還要好。

我試著告訴他這件事，但是他完全聽不懂馬的語言，我需要的是眼鏡。」

「沒問題、沒問題，」杜立德醫生說，「我馬上弄給你。」

「我想要一副跟你一樣的眼鏡，」馬說，「不過要綠色的，當我耕那五十畝大的田時可以遮擋一些陽光。」

「沒問題，」醫生說，「就給你綠色的。」

「醫生，你知道問題出在哪裡嗎？」耕田的馬在醫生打開大門讓他出去時說，「問題就是，隨便一個人都覺得自己可以醫治動物，因為動物不會抱怨。但事實上，比起醫人的好醫生，要非常聰明的人才能當醫治動物的好醫生。我農場主人的兒子自以為很了解馬匹，真希望你能見見他，他的臉胖到連眼睛都快看不見了，腦容量就和馬鈴薯一樣小，上個星期還想在我身上敷芥末軟膏*呢！」

「他敷在哪裡？」醫生問。

「喔，他沒有真的敷到我身上，」馬說，「他只是打算試一下，我就把他踢進養鴨的池塘裡了。」

「哎呀！」醫生說。

「我通常都很安靜，」馬說，「對人很有耐心，不會製造什麼麻煩，但獸醫開錯誤的藥給我，已經夠糟了，所以當那個紅臉笨蛋開始搗蛋，我就受不了了。」

*編注：芥末子製作而成的軟膏，是歐洲古老的家庭偏方，用於治療瘀血、肌肉痠痛等等。

「那個男孩被你傷得很重嗎？」醫生問。

「沒有，」馬說，「我踢得很準，現在有獸醫在照料他。我的眼鏡什麼時候會好呢？」

「下週就會準備好，」醫生說，「星期二再來吧，再見！」

於是杜立德醫生就弄了一副綠色的大眼鏡，耕田馬的那隻眼睛不再看不清楚、視力比平常還要好。

等農場動物都紛紛戴起眼鏡，沼澤窪鎮附近的鄉間再也沒有傳出哪匹馬失明的事了。

被帶去看杜立德醫生的其他動物也一樣，當他們發現醫生會說他們的語言，便告訴醫生自己不舒服的地方和自己的感受，於是醫生就輕輕鬆鬆的把動物們醫好了。

於是，所有動物都回去和親朋好友說，那位住在大庭院裡小房子的醫生是一位真正的醫生。不僅是馬、牛和狗，原野上的小動物如巢鼠、水田鼠、獾和蝙蝠，只要有動物生病，就會立刻去醫生位在小鎮邊緣的家，所以他的大庭院裡總是擠滿了想看病的動物。

所有動物都來到杜立德醫生位在小鎮邊緣的家。

由於來的動物實在太多了，杜立德醫生還得為不同動物安排特別的門進出。他在前門寫了「馬」，在側門寫了「牛」，在廚房門上寫了「羊」，每一種動物都有專屬的門，就連老鼠也有可以鑽進地窖的小洞，讓他們在那裡耐心排隊、等候醫生。

於是，幾年間，愈來愈多動物都知道約翰．杜立德醫生。冬天飛去其他國家的鳥群，也對國外的動物說起住在沼澤窪鎮的厲害醫生，說他聽得懂動物們說的話、解決了他們的困難。如此一來，杜立德醫生的名聲便在動物界裡傳開來，還傳到了全世界，名氣比過去身為英國西南部知名醫生時還要大，而杜立德醫生也過得很快樂、非常熱愛他的生活。

某天下午，當杜立德醫生正忙著在書上寫字時，鸚鵡波妮和往常一樣坐在窗邊、望著庭院裡被風吹動的樹葉。沒多久，她就笑了起來。

「怎麼啦，波妮？」醫生抬頭問。

「我在想事情。」波妮說，接著便繼續看著樹葉。

「妳在想什麼呢？」

「我在想人類的事，」波妮說，「人類真討厭。他們很自以為是。這個世界至今已經好幾千年了，不是嗎？但是人類唯一理解的動物語言，就是狗搖尾巴時代表他很高興，這不是很可笑嗎？你是第一個能像我們這樣說話的人。噢，人類有時還會做一些很討厭的事——愛擺架子，還說什麼『蠢動物』，蠢？哼！我認識一隻金剛鸚鵡，他會用七種方式說早安卻完全不需要張開嘴巴，而且什麼語言都會說，連希臘語也會。這隻鸚鵡被一位鬍子灰白的老教授買去，但是他沒有留在那裡，他說那位老先生的希臘語說得不正確，他實在受不了聽他用錯誤的方式教希臘語。我常在想，不知道他後來怎麼樣了，那隻鳥的地理知識可說是無人能及。人類，天哪！要是人類學會像一隻尋常的籬雀那樣飛行，我們的耳根大概永遠無法清淨！」

「妳是一隻睿智的老鳥，」杜立德醫生說，「妳到底幾歲了呢？我知道有些鸚鵡和大象可以活很久很久。」

「我也搞不清楚自己幾歲了，」波妮說，「不是一百八十三就是一百八十二吧，當初從非洲來的時候，我還看到查理二世*躲在橡樹上呢，他看起來快嚇死了。」

* 編注：查理二世（Charles II, 1630－1685），英格蘭、蘇格蘭、愛爾蘭國王，以「快樂君主」（Merry Monarch）聞名。在英國內戰時期，他曾經為了躲避敵人追殺而躲到樹上。

3 貧窮的杜立德醫生

很快的，杜立德醫生又開始賺錢了，他的妹妹莎拉很開心，還買了新衣服。

有些來看杜立德醫生的動物病得太嚴重，不得不在醫生家待上一個星期，當他們的身體好轉後，就會坐在草地的椅子上。

就算病情好轉，動物們也常常不願意離開，因為他們太喜歡杜立德醫生和他的家了，而且當他們要求留下來時，醫生也不好意思拒絕。如此一來，杜立德醫生家的寵物就愈來愈多。

有一回夜裡，杜立德醫生坐在庭院圍牆上抽菸斗，一位演奏手搖風

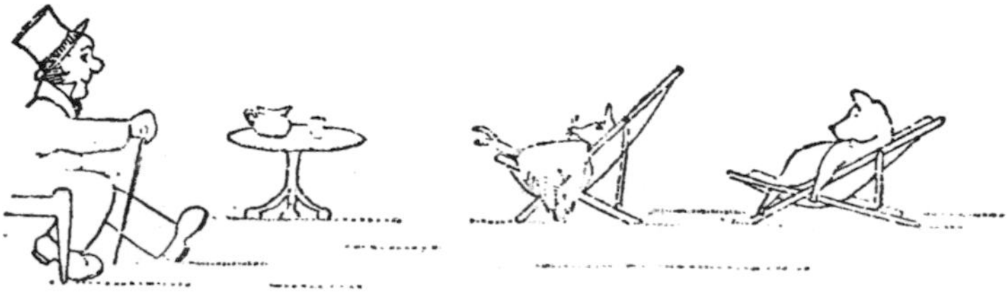

動物們坐在草地的椅子上。

琴的義大利人用繩子牽著一隻猴子走了過來。醫生一眼就發現猴子的頸圈太緊，身體髒兮兮的也很不開心，於是醫生把猴子搶了過來，給了那位義大利人一先令並要他離開。那位手搖風琴師氣得不得了，說他要繼續養這隻猴子，但是杜立德醫生說：要是他不離開，就要揍扁他的鼻子。雖然杜立德醫生並不是非常高，但很強壯，所以那位義大利人說了幾句難聽的話便離開了，猴子也就留在醫生身邊，有了很棒的家。醫生家的其他動物都叫這隻猴子「奇奇」，這在猴子的語言裡很常見，意思就是「薑」。

又有一回，馬戲團來到沼澤窪鎮，一隻牙痛的鱷魚在晚上逃了出來，來到杜立德醫生的庭院裡。醫生用鱷魚語和他交談、帶他進屋裡治療牙齒。但是當鱷魚看見這間屋子有多麼棒、有好多不同動物專屬的使用空間時，他也想和醫生住在一起。於是鱷魚問醫生，如果他保證不吃魚的話，能不能睡在庭院盡頭的魚池裡。當馬戲團的人打算帶他回去時，鱷魚變得非常狂野，把他們都嚇跑了，不過醫生家的動物都知道他平時溫和得像小貓一樣。

但也因為鱷魚的關係，老太太就不敢讓她們家的小狗來看杜立德醫生了，農場主人也不相信鱷魚不會吃掉他們帶去治病的羊和小牛。所以醫生便將鱷魚找來，說他必須回馬戲團。可是鱷魚大哭了一場、苦苦哀求，希望能留下來，杜立德醫生也就不好意思拒絕。

然後，醫生的妹妹前來跟他說：

「約翰，你一定要把鱷魚送走，那些農場主人和老太太都不敢帶動物來了，我們才剛要富裕起來呢，如今卻要毀於一旦。我已經忍無可忍，如果你不把那隻短吻鱷魚送走，我就不再當你的管家。」

「他不是短吻鱷魚，」杜立德醫生說，「是長吻鱷魚。」

「我才不管他是哪種鱷魚，」妹妹說，「我可不想在床底下見到他，他不准待在這個家！」

「可是他已經答應過我，」醫生答道，「說他不會咬任何人。他不喜歡馬戲團，我也沒有錢送他回故鄉非洲。他沒有打擾別人，整體來說表現得很好，妳別這麼小題大作。」

「我說，我不要他出現在這裡，」莎拉說，「他會吃油氈地板，如果你不馬上把他送走，我就——我就去結婚！」

「好吧，」醫生說，「那就去結婚吧，我實在沒辦法。」接著摘下帽子、走到庭院。

於是莎拉·杜立德收拾收拾東西後，就離開了，留下了杜立德醫生和他的動物家人。

很快的，杜立德醫生就變得比以前還要窮。他有這麼多動物要餵、有房子要打理、沒有人幫他修理壞掉的東西，也沒錢可以付給肉販，生活變得非常艱難，但是杜立德醫生一點也不擔心。

「金錢是個麻煩的東西，」他都這麼說，「要是沒有人發明金錢，

「好吧，」杜立德醫生說，「那就去結婚吧。」

大家都可以過得更好。只要我們開開心心的，有沒有錢又有什麼關係呢？」

但是，沒多久，那些動物也開始擔心了。有一天晚上，當杜立德醫生在廚房火爐前的椅子上酣睡時，動物們便開始悄悄談論這件事。擅長算數的貓頭鷹圖圖發現，就算一天只吃一餐，剩下的錢也只夠他們再生活一個星期。

鸚鵡波妮接著說：「我認為，我們應該做家事，至少可以出一點力，畢竟是因為我們，醫生才變得又窮又孤單。」

於是大家同意由猴子奇奇來煮飯和修理東西、小狗吉卜掃地、鴨子達達鋪床和撣除灰塵、貓頭鷹圖圖來記帳，小豬葛葛負責整理庭院。因為鸚鵡波妮最年長，所以由她擔任管家和負責洗衣服。

一開始，動物們都覺得這些新工作十分困難──只有猴子奇奇例外，因為他有雙手，可以像人類那樣做事──不過動物們很快就適應了，甚至覺得看小狗吉卜的尾巴上綁著一塊破布，然後在地上甩呀甩的很有趣。一陣子之後，動物們都把工作做得很好，就連杜立德醫生都

某天晚上，杜立德醫生睡在廚房火爐前的椅子上。

說，他從沒見過房子被打掃得這麼乾淨整潔。就這樣，一切順利運作了一陣子，但他們還是因為沒有錢而苦惱。

後來，動物們還在庭院大門外擺攤賣起蔬菜和花朵，將蘿蔔和玫瑰賣給經過的人。

儘管如此，動物們賺的錢還是不夠支付所有帳單，但是杜立德醫生依然不擔心。當鸚鵡波妮去找他，說魚販不願意再給他們魚的時候，醫生說：

「沒關係，只要雞還會下蛋、牛還會產奶，我們就有歐姆蛋和奶酪可以吃，庭院裡也還有很多蔬菜。冬天還很遠呢，別大驚小怪，這是莎拉才會擔心的事，她就是這樣。不曉得莎拉過得怎麼樣，她是個好女人——就某些方面來說啦，哎！」

但是那年的雪下得特別早，雖然跛腳老馬從小鎮外的森林裡拖了很多木頭回來，讓廚房能生起熊熊爐火，但是庭院裡的蔬菜大部分都採收完了，剩下的菜葉也被埋在雪裡，許多動物都非常飢餓。

4 非洲的可怕傳染病

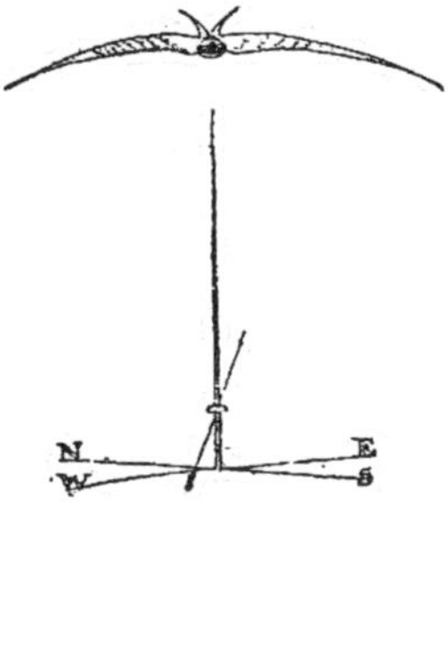

那年冬天非常寒冷，十二月的某個夜裡，大家都圍坐在廚房溫暖的火爐邊，聽著杜立德醫生朗讀他用動物語言撰寫的書。這時候，貓頭鷹圖圖突然說：

「噓！外面那是什麼聲音啊？」

大家都仔細聆聽，沒多久就聽見了奔跑的腳步聲。接著，門被推了開來，猴子奇奇氣喘吁吁的跑了進來。

「醫生！」奇奇呼喊道，「我剛剛收到非洲表親的消息，那裡的猴子染上很嚴重的疾病，全都被傳染了，很多猴子死掉。他們聽說了你的事情，想拜託你到非洲阻止疾病蔓延。」

「消息是誰傳來的？」醫生問道，一邊摘掉眼鏡、放下書本。

「一隻麻雀，」，奇奇說，「她現在在外面的雨水收集桶上。」

「讓她進來，到火爐邊，」醫生說，「天氣這麼冷，她一定凍僵了。麻雀在六個星期前就該動身往南飛了！」

於是麻雀被帶進屋子裡，她的身體縮成一團、不斷發抖。雖然麻雀一開始很害怕，但是身體很快就暖和了起來，於是她坐在壁爐台的邊緣開始說話。

當麻雀說完後，醫生開口了：

「我很樂意前往非洲，尤其是在這麼嚴寒的天氣裡。但是，我擔心沒有足夠的錢買船票。奇奇，幫我拿存錢筒過來。」

猴子奇奇爬上置物櫃最上方的層架，把存錢筒拿下來。

但是，裡頭空空如也——連一毛錢也沒有！

「應該還有兩便士才對。」醫生說。

「確實有，」貓頭鷹圖圖說，「但是獾寶寶長牙時，你拿去買撥浪

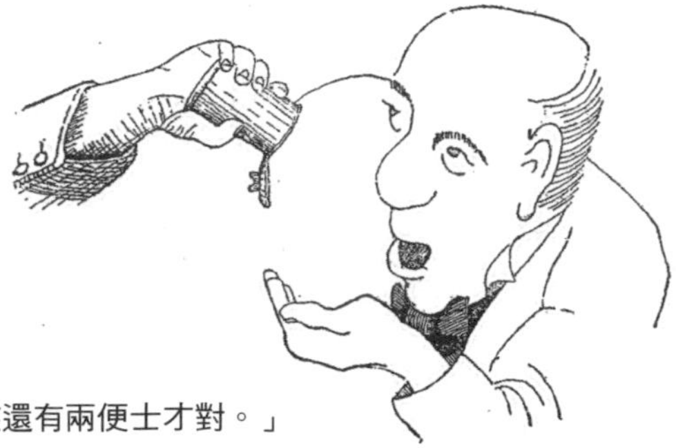
杜立德醫生說：「應該還有兩便士才對。」

鼓了。」

「這樣啊？」醫生說，「我也真是的，真是的！可見錢有多麻煩啊！算了，也許我該直接去海邊，或許可以借到一艘船帶我們去非洲。我認識一名水手，他曾經帶患了麻疹的寶寶來找我，寶寶後來也康復了。說不定，他可以把船借給我們。」

隔天一大早，杜立德醫生就前往海邊。他回來時，告訴動物們一切都搞定了，水手會把船借給他們。

接著，鱷魚、猴子和鸚鵡都興高采烈的唱起歌來，他們可以回非洲了！那裡是他們真正的家。杜立德醫生說：

「我只能帶你們三個，還有小狗吉卜、鴨子達達、小豬葛葛、貓頭鷹圖圖去非洲。其他動物，像是睡鼠、水田鼠和蝙蝠，必須回到原本生長的野外等我們回來。他們冬天大多時間都在睡覺，所以不會介意。況且，去非洲對他們也不好。」

於是，有過長途航海經驗的鸚鵡波妮，便開始告訴杜立德醫生要帶哪些東西上船。

「一定要帶很多很多叫做『硬麵包』的航海麵包，也要帶牛肉罐頭，還有船錨。」

「我想，船上應該有船錨吧。」醫生說。

「好吧，我只是確認一下，」鸚鵡波妮說，「這很重要。沒有船錨，船就無法停下來。你還需要一個鈴鐺。」

「帶那個要做什麼?」醫生問。

「報時，」鸚鵡說，「每隔半小時搖一次鈴，這樣就知道時間了。還要帶很多繩子，航行時繩子很好用。」

接下來，他們開始思考怎麼賺錢買需要的東西。

「噢，真煩！又是錢。」杜立德醫生大呼，「天哪！要是不花一毛錢就可以到非洲，我一定會很高興！我要去問問雜貨店老闆，看他願不願意等我回來時再付錢給他——不對，我請水手去問他。」

於是水手去了雜貨店，沒多久就帶了他們需要的所有東西回來。

動物們收拾行囊、關掉避免管線結冰的水流、拉上百葉窗，接著關上門窗，把鑰匙交給住在馬廄裡的老馬。確認馬廄樓上存放了充足的乾草可以讓老馬過冬之後，他們便帶著行李來到海邊、登上了船。

賣肉給貓吃的肉販前來為他們送行，還送給醫生一大塊板油布丁——他聽說國外吃不到這種布丁。

他們一登上船，小豬葛葛就問床在哪裡，因為時間已經來到下午四點，他想睡個午覺。於是，鸚鵡波妮帶葛葛下樓、進入船艙、告訴他床在哪裡。上下堆疊的床鋪，看起來就像放在牆邊的書架。

「哇，這哪是床啊！」小豬葛葛大呼，「是書架吧！」

「船上的床都是這樣的，」鸚鵡波妮說，「這不是書架，爬上去睡吧，這就是所謂的『鋪位』。」

「我還不想睡，」小豬葛葛說，「我太興奮了，想上去看啟航。」

杜立德醫生的航行就此開始。

「畢竟這是你第一次搭船，」鸚鵡波妮說，「一會兒你就會習慣這樣的生活了。」接著她哼著歌上樓去了。

「我見過黑海和
紅海，
也環繞過白色的
懷特島航行，
我發現了黃河，
和夜晚的橘河，
綠色的格陵蘭島
又遠離了後方，
如今我又航行在

藍色的海洋上。
珍，這些顏色讓我疲倦，
所以我要回到你身邊。」

準備啟航的時候，杜立德醫生說，他必須先問問水手該怎麼去非洲。

但是麻雀說她去過那個地方很多次了，可以幫他們帶路。

於是，杜立德醫生叫猴子奇奇拉起船錨，航行就此開始。

5 神祕的非洲國度

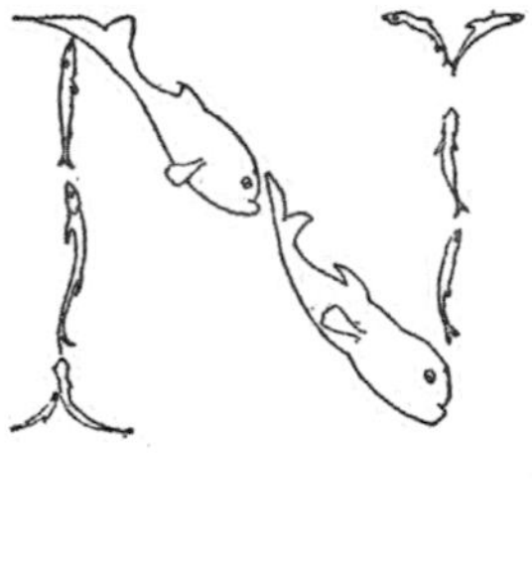

他們在滔滔的海上航行了整整六週，跟隨在前方飛翔、指引方向的麻雀。夜晚時，她會帶著一盞小小的燈，這樣他們就不會跟丟了——經過的其他船隻都以為那個亮光是流星。

他們愈來愈接近南方，天氣也愈來愈溫暖。鸚鵡波妮、猴子奇奇和鱷魚都盡情的享受溫熱的陽光。他們笑著跑來跑去，還在船側遙望，看能不能看見非洲。

在這樣的天氣裡，閒來無事的小豬葛葛、小狗吉卜和貓頭鷹圖圖，都坐在船尾一個大桶子的陰影裡伸舌頭喝檸檬水。

鴨子達達會跳進海裡降溫、跟在船後面游泳。有時候，當她覺得頭頂太熱了，就會潛到船底下，再從另一邊浮出水面。星期二和星期五的時候，達達也是這樣抓鯡魚給船上的大家吃，他們帶來的牛肉罐頭才可以存放久一點。

接近赤道時，他們看見一些飛魚朝他們游來，魚群問鸚鵡波妮這艘是不是杜立德醫生的船，當波妮回答是的時候，飛魚們都很高興，因為非洲的猴子很擔心他不會去。波妮問飛魚還要航行多遠，魚群說，只要再八十八公里就到非洲海岸了。

又有一次，一整群的海豚在海浪中跳舞穿梭，他們也問波妮這艘船是不是載著那位有名的醫生。當他們聽到肯定的答案後，便問波妮：「這趟旅程，杜立德醫生還需要什麼嗎？」

波妮說：「有，我們的洋蔥快沒了。」

「有一座島離這裡不遠，」海豚說，「那裡的野生洋蔥長得又高又壯。繼續直行吧，我們去拿一些，待會兒就跟上你們。」

於是海豚迅速游開；沒多久，鸚鵡波妮又看見海豚從後面跟了上來，還拖著裝了野生洋蔥的海草網在海浪中前進。

隔天傍晚，杜立德醫生在太陽低垂時說：

「奇奇，幫我拿望遠鏡過來，我們的旅程快要結束了，應該很快就能看到非洲海岸。」

果不其然，過了大約一個半小時，他們就看見前方有個可能是陸地的東西。但是天色愈來愈暗，他們無法肯定那就是海岸。

接著，一場暴風雨到來，打雷又閃電、狂風怒吼，雨水傾瀉而下，湧起的巨浪更是直接打在船上。

不一會兒，轟的一聲之後，船停了下來，朝側邊翻倒。

「怎麼回事?」杜立德醫生問，他正從船艙底下爬上來。

「不確定，」鸚鵡波妮說，「但是船好像壞了，叫鴨子達達下海看看吧。」

於是達達潛入海裡，上來時說船撞到了一塊岩石，船底破了一個大洞，正在進水，下沉得很快。

「我們一定是撞到非洲陸地了。」醫生說，「哎呀，哎呀！這樣的

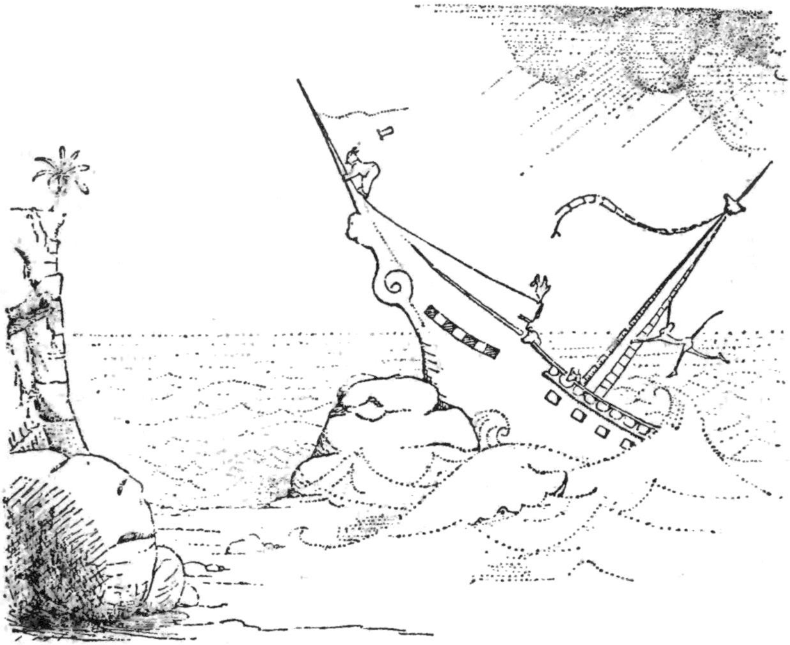

➔杜立德醫生說：「我們一定是撞到非洲陸地了。」

話，我們就要游上岸了。」

但是猴子奇奇和小豬葛葛不會游泳。

「去拿繩子！」波妮說，「我就說會派上用場吧，鴨子呢？來這裡，達達，咬住繩子的這一頭，飛到岸上綁在棕櫚樹上，我們會在船上抓住另一頭。不會游泳的就攀著繩子上岸，這就是所謂的『救命繩』。」

於是他們全都安全上岸，有的游過去、有的飛過去，攀著繩子上岸的動物則帶著杜立德醫生的行李箱和手提包。

只是那艘船再也不能用了，因為船底破了一個大洞。洶湧的海浪很快就把礁石上的船擊碎，木材也漂走了。

他們在高高的懸崖上找了一個乾爽的洞穴躲避風雨，直到暴風雨結束。

當隔天的晨光出現，他們都到沙灘把身子晒乾。

「親愛的非洲啊！」波妮讚嘆道，「能回來真好，沒想到明天就是我離開這裡滿一百六十九年的日子！這裡一點都沒變！老棕櫚樹都沒變、紅色的土地沒變、黑螞蟻也沒變！還是老家最好！」

白老鼠說：「我不想溺死，所以就鑽了進去。」

其他動物都發現波妮的眼睛泛著淚，能再次回到故鄉，她實在太高興了。

杜立德醫生想念那頂在暴風雨中被吹落海裡的高帽子，於是達達出去尋找。沒多久，她就看見帽子遠遠的漂浮在海面上，就像一艘玩具船。

當她往下飛、準備撿起帽子時，發現一隻家裡的白老鼠飽受驚嚇的坐在帽子裡面。

「你怎麼會在這裡？」鴨子問道，「你不是應該待在沼澤窪鎮嗎？」

「我不想被丟下，」老鼠

說，「我想看看非洲，我有親戚住在這裡，所以就躲在行李裡面，和硬麵包一起上船。沉船時我嚇死了，因為我游不遠。我拚命的游，可是很快就沒力氣、以為要沉到海裡了。就在那個時候，老醫生的帽子漂了過來，我不想溺死，就鑽了進去。」

於是鴨子撿起裝著老鼠的帽子，帶回岸上給杜立德醫生，大家都圍了過來。

「這就是所謂的『偷渡客』。」鸚鵡說。

不一會兒，他們在行李箱裡找了個位子、讓老鼠可以舒服的待在那裡。

這時猴子奇奇突然說：「噓！我聽到叢林裡有腳步聲！」

他們都停下動作聆聽，沒多久，一位黑人從樹林裡走出來，問他們在這裡做什麼。

「我是約翰．杜立德醫生，」醫生說，「我應要求來非洲治療生病的猴子。」

「你們全都得去見國王。」黑人說。

「什麼國王？」醫生問，他不想浪費時間。

「喬里金基國的國王，」那個人答道，「這裡的所有土地都是他的，外來者必須去見他，跟我來。」

所以他們拿起行囊，跟著那個人穿過叢林。

6 鸚鵡波妮與非洲國王

在濃密的森林裡走了一段路之後，他們來到了一個寬廣的空地、看見用泥土建造的皇宮。

這裡就是國王、娥楚皇后，以及他們的兒子——邦波王子的住所。王子去河邊釣鮭魚了，但是國王和皇后坐在宮殿門前的傘下。這時候，皇后正在睡覺。

杜立德醫生來到皇宮後，國王詢問他為什麼到來，醫生便告訴他前來非洲的原因。

「你不能在我的領土上通行。」國王說，「好幾年前，有個白人從

這裡上了岸。我對他非常好，但是他後來就在地上挖洞、採金礦，還殺光大象只為了獲取象牙，連一句謝謝都沒有說就偷偷搭船離開。所以，我再也不准白人踏上喬里金基國的國土。」

接著，國王轉頭望向站在一旁的幾個黑人說：

皇后正在睡覺。

「把這個會醫術的人，還有他的動物帶走，全部關進最堅固的監牢裡。」

於是六個黑人便帶醫生和他的寵物離開，將他們關在石頭砌的地牢裡。這個地牢只有一扇位在高處、豎著柵欄的小窗戶，地牢的門則是又硬又重。

他們全都非常難過，小豬葛葛還哭了起來。但是猴子奇奇說，要是葛葛再不停止那可怕的哭聲，就要打他的屁股，所以他就不敢出聲了。

「大家都在這裡嗎？」在適應了昏暗的光線後，醫生問。

「應該是吧。」鴨子說，接著數了數。

「波妮呢？」鱷魚問，「她不在這裡。」

「你確定嗎？」醫生說，「再找一下。波妮！波妮！妳在哪裡？」

「我猜她逃走了，」鱷魚咕噥著說，「她就是這樣！朋友有難的時候就逃進叢林。」

「我才不是那種鳥呢。」鸚鵡說，一邊從醫生大衣內層的暗袋裡爬出來，「你看，我這麼小，可以穿過窗戶的柵欄，我怕他們把我關進籠子裡，所以就在國王忙著說話時躲進醫生的口袋裡，然後我就在這裡啦！這就是我的『妙計』。」她一邊說，一邊用鳥嘴梳順羽毛。

「哎喲喂呀！」醫生大呼，「我沒把妳坐扁算妳好運。」

「聽我說，」波妮說，「等天一黑，我就偷偷從窗戶的柵欄間溜出去、飛到皇宮。我很快就會想辦法讓國王放我們出去。」

「噢，妳有什麼辦法呢？」葛葛不以為然的說，接著又開始哭，「妳只是一隻鳥啊！」

「是沒錯，」鸚鵡說，「但別忘了，雖然我只是一隻鳥，我也可以像人類那樣說話，而且我很了解他們。」

於是，那天晚上，當月光穿過棕櫚樹、國王的手下都睡著了之後，鸚鵡就從監牢柵欄溜出去、飛到皇宮。皇宮食物儲藏室的窗戶，在前一週被網球打破了一個洞，所以波妮就從洞口飛進去。

她聽見邦波王子在皇宮最裡面的房間打鼾，她小心翼翼的上樓，來到國王的房間，接著輕輕打開房門、往裡頭看。

皇后去表親家裡參加舞會了，但是國王正躺在床上熟睡著。

波妮悄悄溜進去，輕輕的來到床底下。

接著她咳了一聲——就像杜立德醫生清喉嚨那樣，因為波妮可以模仿任何人。

國王睜開眼睛，睡眼惺忪的說：「是妳嗎，娥楚？」（他以為皇后從舞會回來了。）

接著，鸚鵡又咳了一次，而且很大聲，聽起來就像個男人。國王坐起來，清醒了不少，然後說：「是誰？」

「我是杜立德醫生。」鸚鵡說，語氣就和醫生一樣。

「你在我的房間裡做什麼？」國王喊道，「你竟敢逃出來！你在哪裡？我沒有看見你。」

但是鸚鵡笑了起來——又長又深的開懷大笑，就和醫生的笑聲一樣。

「立刻現身，不准笑。」國王說。

「笨國王！」波妮答道，「你是不是忘記了，跟你說話的這個約翰・杜立德醫生可是全世界最厲害的人哪！你當然看不見我，我可以隱形，沒有什麼事情是我辦不到的。聽好，我今晚是來警告你的，如果你不讓我和我的動物在你的領土上通行，我就會讓你和你的人民像那些猴子一樣生病，因為我可以為人治病，也可以讓人生病，只要動動我的小指頭就行了。立刻叫你的士兵打開地牢的門，不然在太陽升上喬里金基國的山丘之前，你就會得腮腺炎！」

國王開始發抖，怕得不得了。

國王問：「是誰？」

「醫生，」國王喊道，「就照你的意思吧，不要動你的小指頭，拜託！」接著他跳下床，跑去叫士兵打開地牢的門。

等他一離開，波妮就偷偷下樓，從食物儲藏室的窗戶離開皇宮。但是，才剛用鑰匙從後門進來的皇后，正好看見鸚鵡從破掉的窗戶飛出去，於是她在國王回到床上時，把看見的情況都說了出來。

國王發現自己被騙了，覺得非常生氣，於是立刻回到地牢。但是已經太遲了。牢門大開，地牢也空了，杜立德醫生和他的寵物們都離開了。

7 不可思議的猴子之橋

娥楚皇后從沒見過她的先生同那天晚上這麼可怕。國王憤怒得咬牙切齒，大罵每一個人笨蛋，還把牙刷丟向皇宮裡養的貓。他穿著睡衣跑來跑去，叫醒所有軍隊、派他們進叢林追捕杜立德醫生。接著，他也把僕人派了出去，包括廚師、園丁、理髮師，以及邦波王子的家庭教師。就連穿著緊緊的鞋子、跳舞跳得很累的皇后，都被叫去幫士兵找人。

同一時間，杜立德醫生和他的寵物們，都在叢林裡以最快的速度奔跑、朝猴子國跑去。

短腿的小豬葛葛很快就累了，於是醫生不得不抱著他——這讓逃亡過程變得非常辛苦，因為他們還帶著行李箱和手提包。

喬里金基國的國王以為軍隊很快就能找到他們，因為杜立德醫生人生地不熟，會找不到路。但他錯了，猴子奇奇對叢林裡的每一條路都很熟悉，甚至比國王的手下都還要熟。他帶領醫生和動物們進入最濃密的叢林——那是從來沒有人去過的地方——並且讓大家躲在巨石之間的中空大樹裡。

「最好在這裡等，」奇奇說，「等士兵都回去睡覺，我們再進入猴子國。」

於是，他們就在那裡待了一整晚。

他們經常聽見國王的手下在附近搜索和交談的聲音，但是他們非常安全，因為只有奇奇知道這個隱密的地點，就連其他猴子都不知道。

終於，當日光從頭上濃密的葉片間透進來時，他們聽見娥楚皇后用非常疲憊的聲音叫大家不用再找了，還是回去睡覺吧。

等士兵都回家以後，奇奇就把杜立德醫生和動物們從樹洞裡帶出來，往猴子國前進。

這是一段非常遙遠的路程，他們常常覺得疲累——尤其是葛葛。不過，當葛葛哭的時候，他們會讓葛葛喝他非常喜歡的椰奶。

他們總是有很多東西可以吃吃喝喝，因為奇奇和波妮認識叢林裡各式各樣的蔬菜與果實，也知道要去哪裡採集，例如椰棗、無花果、花生、薑和非洲山藥。他們會將野橙擠成汁，加上從空心樹幹裡的蜂巢所取得的蜂蜜。無論他們想吃什麼，奇奇和波妮似乎總能找到，或是取得類似的東西。有一天，他們還弄來菸草給醫生，因為他想抽菸，但帶來的菸草已經抽完了。

夜晚，他們就睡在棕櫚葉搭的帳篷裡，以又厚又軟的乾草為床。一段時間之後，他們也習慣走這麼多路了，不再感到那麼疲累，也很享受這段旅程。

夜晚來臨時，他們總是會高興的停下來休息。這時候，杜立德醫生會生起一小團營火，吃完晚餐後大家就圍坐成一圈，聽波妮唱有關大海的歌，或是聽奇奇說叢林裡的故事。

奇奇說的故事大多很精采，雖然猴子沒有自己的歷史書籍，但是他們會說故事給自己的孩子聽——猴子什麼都記得，但是在杜立德醫生到來之後，才寫下了他們的故事。奇奇說了很多祖母告訴他的事情，像是很久很久很久以前的傳說——比諾亞方舟還要早——那時候人類都穿熊皮、住在山洞裡，還生吃羊肉，因為他們不知道怎麼烹煮，也從沒見過火。奇奇跟他們說了巨大的猛瑪象和蜥蜴的事，那時候的蜥蜴就像火車那麼長，都在山上遊蕩、吃樹頂的嫩芽。他們常常聽得出神，等奇奇說完，才發現營火已經熄滅，得到附近收集樹枝重新生火。

當軍隊回去告訴國王，他們找不到杜立德醫生後，國王便再度派他們出征，叫他們待在叢林裡、抓到人才能回去。這段時間裡，國王的人馬其實都跟在後頭，但是在前往猴子國的途中，醫生和動物們都以為自己很安全。要是奇奇知道的話，他很可能會把大家藏起來，不過他並不知情。

一天，奇奇爬上高大的岩石遠眺樹海，下來後跟大家說，他們距離猴子國很近了，很快就會抵達。

當天晚上，他們果然就看見了奇奇的表親，很多沒生病的猴子也坐在沼澤邊的樹上，一邊查看一邊等待他們。當這些猴子看見有名的杜立德醫生真的來到時，都發出好大的聲音，又是歡呼又是揮舞樹葉，還在樹枝間擺盪迎接。

猴子們想幫醫生拿包包、行李箱，以及他帶來的所有東西；長得比較高大的猴子，甚至還扛起了又開始覺得疲累的葛葛。兩隻猴子走在前面，趕去告訴生病的猴子：「偉大的醫生終於來了。」

但是，國王的人馬還跟在後頭，他們聽見猴子歡呼的聲音，總算發現了杜立德醫生的蹤跡，便加快腳步想去抓他。

抱著葛葛的大猴子原本慢慢的走在後頭，但是當他看見了帶隊的軍

→猴子們又是歡呼又是揮舞樹葉，還在樹枝間擺盪迎接。

隊隊長在樹林裡偷偷摸摸的前進，就趕緊跟上杜立德醫生、叫他快跑。

於是，他們用盡生平最大的力氣努力奔跑，但是國王的人馬也在後方跑了起來，隊長跑得最賣力。

這時候，醫生被他的醫藥包絆倒、跌進泥巴裡，隊長也認為這次絕對能抓到杜立德醫生。

隊長的頭髮很短，但是耳朵很長。就在他向前撲，準備抓住醫生時，他的其中一隻耳朵被樹枝卡住了，其他士兵還得停下來幫他。

這時，醫生已經自己站了起來，他們繼續拔腿狂奔。

奇奇大喊：「沒關係！我們快到了！」

但是，就在他們即將進入猴子國之前，碰到了一座懸崖，下方則是流動的河水。這裡就是喬里金基國的邊境，猴子國就在河的另一邊。

小狗吉卜從陡峭的懸崖邊往下看，並說：

「天哪！我們要怎麼過去啊？」

「噢，天哪！」葛葛說，「國王的人很快就要追來了，看看他們！我們大概又要被抓去關了。」說完，便哭了起來。

但是抱著小豬葛葛的大猴子把他放到地上，接著對其他猴子大喊：「大夥們——搭橋！快！搭一座橋！我們只有一分鐘的時間，他們把隊長的耳朵從樹枝間弄出來了，他快得像頭鹿啊！快動起來！搭橋！搭橋！」

杜立德醫生很好奇，猴子們究竟要用什麼東西搭橋，於是東張西望，看他們是不是藏了一些木板。

但是，當他回頭望向懸崖時，卻發現已經有一座橋懸在河流上方了——是猴子們用身體搭成的！就在他轉身東張西望時，猴子以迅雷不及掩耳的速度抓住彼此的手腳，搭成了一座橋。

大猴子對醫生大喊：「走過來！大家都走過來，快呀！」

要走在這麼狹窄的橋上，河谷的高度又令人暈眩，這讓葛葛有點害怕。但他還是走過去了，大家都走過去了。

杜立德醫生是最後一個過橋的，就在他快要抵達橋的另一邊時，國王的人馬也趕到了懸崖邊。

當國王的人馬發現一切都太遲，便揮舞拳頭、憤怒的叫囂。杜立德

➔杜立德醫生是最後一個過橋的。

醫生和所有動物都安全抵達猴子國，搭橋的猴子也回到了對岸。

奇奇對醫生說：

「有很多偉大的探險家和年邁的博物學家，在叢林裡躲了好幾個星期，就是要看猴子的這套把戲。但是，我們連一眼都沒讓白人看過，你可是第一個見到這個有名的『猴子之橋』的人。」

杜立德醫生感到非常高興。

8 驕傲的獅子首領

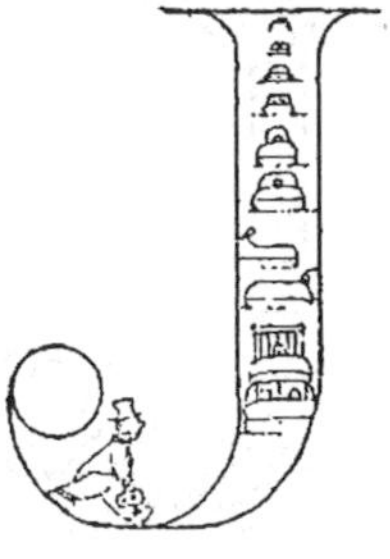

杜立德醫生這下忙翻了，他發現成千上萬隻猴子與猩猩都生病了：大猩猩、紅毛猩猩、黑猩猩、草原狒狒、狨猴、灰色的猴子、紅色的猴子……什麼種類都有，而且有很多都死了。

他做的第一件事，就是將生病和健康的猴子分開，再讓奇奇和他的表親幫忙蓋一間茅草屋。接下來，他幫健康的猴子接種疫苗。

整整三天三夜，猴子不斷從叢林、山谷和山坡來到小草屋，醫生日日夜夜都待在那裡，不斷的施打疫苗。

接著，杜立德醫生又讓猴子蓋了另一間屋子——這次是一間大屋

➔杜立德醫生幫健康的猴子接種疫苗。

子，裡面有很多床，讓生病的猴子都住進這裡。

但是生病的猴子非常多，健康的猴子沒辦法負擔照顧工作，所以醫生就對其他動物發布消息，像是獅子、豹和羚羊，請他們幫忙。

但是獅子首領非常驕傲，他來到醫生擺滿床的大屋子時，感到非常的生氣與不以為然。

「你竟敢要求我，先生？」獅子首領不高興的瞪著杜立德醫生說，「你竟敢要求我這個萬獸之王伺候這些髒兮兮的猴子？拜託，他們連當我的點心都沒資格！」

雖然這隻獅子看起來很可怕，但杜立德醫生還是努力讓自己表現得很勇敢。

「我沒有要你吃掉他們，」他小聲的說，「而且他們也不髒，今天早上都洗過澡了，你的皮毛看起來才像需要刷洗的樣子，而且是非常需要。現在請聽我說，獅子也會有生病的一天，如果你現在不幫其他動物，等獅子有麻煩的時候，大概也沒有動物會幫助你們——這種事情通常會發生在驕傲的人身上。」

「獅子才不會有麻煩，我們只會找別人麻煩。」獅子首領嗤之以鼻的說，接著就昂首闊步的走進叢林，還認為自己十分聰明。

豹也非常驕傲，說他們不願意幫忙。接著是羚羊，雖然他們非常害羞，不敢像獅子那樣不客氣的對待杜立德醫生，但他們只是用前腳在地上扒了扒，傻笑一下便說他們沒有照顧過其他動物。

這下子醫生擔心極了，不知道要到哪裡搬救兵來照顧這麼多臥病在床的猴子。

但是，當獅子首領回到巢穴時，就看見獅子王后頂著一頭亂髮跑出來。

「有一隻小獅子不肯吃東西，」她說，「我不知道該拿他怎麼辦，他從昨天晚上就沒有吃東西了。」

接著她開始哭泣、緊張的發抖，即使她是獅子，也是個好母親。

於是獅子首領走進巢穴看他的孩子——地上躺著兩隻惹人憐愛的小獅子，但是其中一隻似乎病得不輕。

✦獅子說：「我這個萬獸之王居然要伺候這些髒兮兮的猴子？」

然後，獅子首領告訴太太他對杜立德醫生所說的話。獅子王后聽完後非常生氣，差點就把他趕出巢穴。

「你真是一點常識都沒有！」她尖聲嚷嚷著，「從這裡到印度洋，所有動物都在談論這個厲害的人，說他是怎麼治療各種疾病的、他人有多好。他可是全世界唯一會說動物語言的人類哪！而現在——現在我們有個孩子病了，你卻這樣冒犯他！你這個大笨蛋，只有傻子才會對好醫生這麼不客氣，你——」她開始拉扯她先生的頭髮。

「你立刻回去找那個白人，」她吼道，「向他道歉，把其他沒腦袋的獅子也一起帶去，還有那些愚蠢的豹和羚羊。醫生要你怎麼做，你就怎麼做，認真做！也許這樣他會願意大發慈悲來看我們的孩子。走啊！快去！你還不夠格當爸爸呢！」

接著她就走進隔壁的巢穴，把這件事告訴住在那裡的另一頭母獅。

獅子首領回去找杜立德醫生，說：「我剛好經過這裡，就想說來看一看。你找到幫手了嗎？」

「沒有，」醫生說，「還沒找到，我快擔心死了。」

「最近不好找幫手啊，」獅子首領說，「動物好像都不願意工作了，某種程度也不能怪他們……既然你有困難，我不介意做點能力範圍內的事，就幫你一點忙吧，別叫我幫那些傢伙洗澡就好。我已經叫其他肉食動物都來幫忙分擔工作了，豹應該很快就會來……噢，對了，我們家有隻小獅子生病了。雖然我不覺得他有什麼問題，但我太太很擔心。如果今天晚上你方便的話，可以去看看他嗎？」

杜立德醫生非常高興，因為獅子、豹、羚羊，還有長頸鹿、斑馬——所有居住在森林、高山和平原的動物都來幫忙了。由於來的動物實在太多，醫生不得不請一些動物離開，只留下最機靈的。

猴子的病情很快就好轉了，僅僅快要一週的時間，擺滿床的大屋子已經空了一半；第二週結束時，最後一隻生病的猴子也康復了。

杜立德醫生的工作結束了，他累得一口氣睡了三天，甚至沒有翻身。

9 猴子的會議

奇奇站在杜立德醫生的門外，不准任何動物在他醒來之前靠近。隨後，杜立德醫生告訴猴子們，他必須回沼澤窪鎮了。

猴子們都相當驚訝，他們以為醫生會就此留下來。那天晚上，猴子們聚在叢林裡談論這件事。

黑猩猩頭目站起來說：

「為什麼這個好人要離開呢？他跟我們待在一起不開心嗎？」但沒有動物能回答這個問題。

大猩猩的老大站起來說：

「我認為，大家要一起去找杜立德醫生、請他留下來。說不定等我們幫他蓋一間新房子、做一張更大的床，承諾會找很多猴子僕人為他工作，讓他過得舒舒服服的，他就不會想離開了。」

接著，奇奇站了起來。

所有猴子開始交頭接耳：「噓！看哪！是那位偉大的旅行家奇奇，他要發言了！」

大猩猩的老大站了起來。

奇奇對所有猴子、猩猩、狒狒說：

「朋友們，恐怕我們無法請醫生留下來。在沼澤窪鎮時，他欠了別人錢，他說他一定要回去還錢。」

猴子們問：「錢是什麼？」

於是奇奇告訴他們，要是沒有錢，在白人的世界裡什麼都得不到，沒有錢什麼都做不了、幾乎不可能生活。

有些猴子問：「就連吃東西、喝東西，都要付錢嗎？」

奇奇點點頭，並且告訴他們：以前和手搖風琴師一起生活時，連他也被叫去和小孩子要錢。

黑猩猩頭目對最年長的紅毛猩猩說：「表親啊，人類這種生物真是奇怪！誰會想要住在這樣的世界？我的天哪，真是不可取！」

接著，奇奇說：

「我們一開始沒有船可以渡海，也沒有錢買旅途中要吃的食物。後來有人借了一點餅乾給我們，我們就說回去時會還他；我們還向水手借了船，但是在我們靠近非洲海岸時，船撞到了礁石。醫生說他必須回去，並且弄一艘新的船給水手——因為那個人很窮，那艘船是他僅有的東西。」

猴子們都沉默了，坐在地上動也不動的努力思考。

最後，最大隻的狒狒站起來說：

「我覺得，我們必須在這個好人離開之前送他一份很棒的禮物，這樣才能讓他知道我們很感激他所做的一切。」

有隻坐在樹上的小紅猴子往下喊：「我也這麼認為！」

接著，他們全都開始大喊，發出很大的聲音：「沒錯，沒錯，我們就送他一份對白人來說最棒的禮物吧！」

於是他們開始動腦筋、互相詢問該送什麼東西給醫生最好。

一隻猴子說：「五十袋的椰子！」

另一隻猴子說：「一百串香蕉！這樣他在『吃東西要付錢的國度』裡，就不用買水果了！」

但是奇奇告訴他們，帶這些東西走這麼遙遠的路實在太重了，而且吃不到一半就會壞掉。

「想讓他開心的話，」奇奇說，「就送動物吧，他一定會好好對待那隻動物的。送他動物園裡沒有的稀有動物。」

猴子們問奇奇：「『動物園』是什麼？」

奇奇向他們解釋，在白人的世界裡，動物園是把動物關進牢籠、讓人類觀賞的地方。猴子們非常訝異，紛紛對彼此說：

「這些人類很像無知的小猴子，又笨又容易取悅。噓！他指的就是監牢啊。」

他們接著問奇奇，該送醫生什麼稀有的、白人沒見過的動物。

狨猴的重量級人物問：「他們那裡有鬣蜥嗎？」

但奇奇說：「有，倫敦動物園裡有一隻。」

另一隻絨猴又問：「他們有獾狐狓嗎？」

但奇奇說：「有，在比利時。飼養過我的手搖風琴師，五年前帶我去過他們稱為安特衛普的大城市，那裡有一隻獾狐狓。」

另一隻絨猴問：「他們有雙頭羊駝嗎？」

奇奇說：「沒有，白人沒有見過雙頭羊駝，就送他這個吧。」

10 世界上最稀有的動物

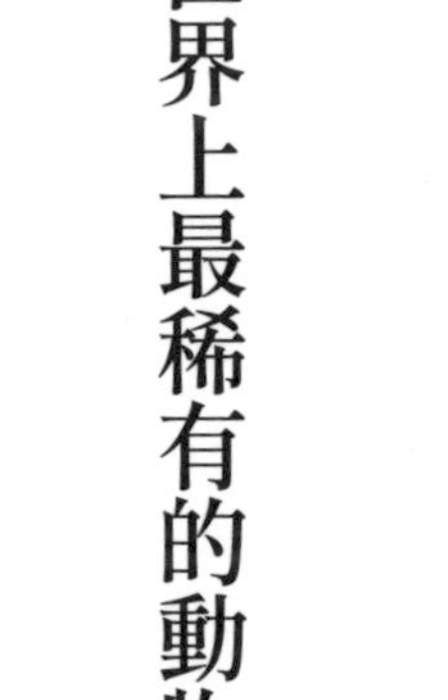

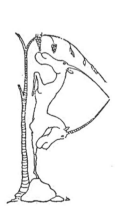

雖然雙頭羊駝已經「絕種」了，也就是「一隻都不剩」的意思。但是很久以前，在杜立德醫生出生之後，非洲的叢林深處還剩下幾隻；即使在那個時候，他們也非常稀有。雙頭羊駝沒有尾巴，兩端各有一顆頭，頭上都有銳利的角。他們十分害羞，非常難捕捉。黑人打獵時，通常都會趁動物不注意時偷偷從後方靠近。但是這招對雙頭羊駝不管用，因為無論從哪個方向靠近，都會和他面對面。而且他們一次只會有一顆頭在睡覺，另一顆頭會保持清醒，總是在觀察、戒備。這就是雙頭羊駝從來沒有被人捕獲、動物園裡也沒有的原因。雖然有很多厲害的獵人和聰明絕頂的野生動物專家花費大把的歲月、風雨無阻的在叢林裡追尋雙頭羊駝，但是連一隻都沒有抓到過。即使在那個時候，雙頭羊駝也是世界上唯一有兩顆頭的動物。

不過猴子們還是出發到叢林裡獵捕這種動物。行進好幾公里之後，其中一隻猴子在河邊發現了奇特的腳印，他們便知道雙頭羊駝一定就在附近。

沿著河岸走了一小段路後，猴子們看見一片又高又濃密的草地，於是推測雙頭羊駝就在那裡。

他們手牽著手，沿著高高的草地邊緣圍起一個大圓圈。雙頭羊駝聽見他們的聲音後，努力想突破猴子圍起的圓圈，但卻失敗了。在他認清自己逃不了後，就坐了下來，想知道猴子們究竟有什麼目的。

猴子問他，願不願意和杜立德醫生一起走，到白人的世界裡供人觀賞。

雙頭羊駝奮力的搖著兩顆頭說：「當然不要！」

猴子解釋，說他不會被關在動物園裡，只是有人會去看看他。他們說杜立德醫生是很好的人，只是沒有錢。大家願意花錢看雙頭動物，所以醫生會富裕起來，能夠賠償那艘他借來、乘坐到非洲的船。

但是雙頭羊駝說：「不要，你們都知道我有多害羞，我最討厭被盯著看。」說完，他差點就要哭了。

接下來，猴子們花了三天的時間說服雙頭羊駝。

就在第三天要結束時，雙頭羊駝說，他願意去看看這個醫生到底有多好。

於是雙頭羊駝和猴子們一起回去，來到杜立德醫生的小草屋前並敲了敲門。

正在把東西打包收進行李箱的鴨子說：「請進！」

奇奇驕傲的將雙頭羊駝帶進屋子裡，給醫生看看這隻動物。

「這是什麼東西啊？」杜立德醫生望著這個奇特的生物問。

「我的老天哪！」鴨子驚呼，「兩顆腦袋要怎麼做決定？」

「我倒覺得，他看起來好像沒腦袋。」小狗吉卜說。

「這個呢，醫生，」奇奇說，「就是雙頭羊駝，是非洲叢林裡最稀

「我的老天哪！」鴨子驚呼，「兩顆腦袋要怎麼做決定？」

有的動物，也是世界上唯一擁有兩顆頭的動物！帶他回家保證讓你賺大錢，為了看他，人們多少錢都願意付。」

「可是我不想要錢啊。」醫生說。

「你需要，」鴨子達達說，「你忘記我們在沼澤窪鎮時，是怎麼省吃儉用才有辦法付錢給肉販的嗎？而且你要怎麼弄一艘新船給水手呢，要有錢才行不是嗎？」

「我準備幫他造一艘船。」醫生說。

「噢，你清醒一點！」達達

驚呼，「你要去哪裡找這麼多造船用的木頭和釘子呢？況且，我們要怎麼生活呢？回去之後我們會更窮，奇奇說得對極了，帶這個長相滑稽的傢伙一起回去吧！」

「嗯，妳說的似乎也有幾分道理。」醫生喃喃的說，「他的確是一隻很不錯的新寵物，但是他——呃，這個不知名的東西，他真的想去另一個國家嗎？」

「我想去。」雙頭羊駝說，他一見到杜立德醫生，就認為他是個值得信任的人，「你對這裡的動物都很好，猴子告訴我，我是唯一適合的動物。但你必須答應我，要是我不喜歡白人的世界，你就要送我回來。」

「哦，好啊——那當然，那當然。」醫生說，「不好意思，你應該跟鹿有血緣關係吧？」

「是的。」雙頭羊駝說，「我媽媽有瞪羚和岩羚的血統，我爸爸的曾祖父則是世界上最後一隻獨角獸。」

「太有趣了！」醫生喃喃的說，他從達達剛剛打包好的行李箱裡拿出一本書，開始翻找，「我們來看看博物學家布豐有沒有提過。」

「我發現一件事，」鴨子說，「就是你只用其中一張嘴說話。另一顆頭也會說話嗎？」

「會啊，」雙頭羊駝說，「但是我通常用另一張嘴吃東西，這樣就可以一邊吃一邊說話，又不會顯得很粗魯。我們是很有禮貌的動物。」

等他們收拾好行囊，一切就緒之後，猴子們便為醫生舉辦了一場盛大的派對，叢林裡所有動物都來了。他們帶來鳳梨、芒果、蜂蜜，以及各式各樣的好東西來吃吃喝喝。

當大家吃得差不多時，醫生站起來說：

「朋友們，我不像有些人擅長在晚餐後發表長長的演說——而且我們剛才吃的是水果和蜂蜜，不算正式的晚餐——但我想告訴你們，要離開這個美麗的國度讓我很難過，我需要在白人的世界完成某些事情，所以必須離開。我走了之後，記得別讓蒼蠅停在食物上面，也不要在下雨前睡在地上。我——呃——呃——我希望大家永遠過著幸福快樂的日子。」

醫生說完後坐了下來，所有猴子鼓掌好長一段時間，並且對彼此說：「我們要永遠記得他曾經和我們一起坐在樹下、一起吃東西，因為他是最偉大的人類！」

大猩猩的老大用毛茸茸的手臂使出七匹馬那麼大的力量，將一顆巨石滾到餐桌的主位，並說：「就用這顆石頭來紀念此時此地。」

直到今日，那顆石頭依然佇立在叢林的深處。和家人一起穿過叢林的猴子媽媽也會在樹枝上指著它，輕輕對孩子說：「噓！你們看，就在那裡——那就是瘟疫之年時，善良的白人坐下來和我們一起吃東西的地方！」

接著，派對結束，杜立德醫生和他的寵物們準備啟程前往岸邊。所有猴子幫忙提醫生的行李箱和包包，一同來到國度邊境為他送別。

11 邦波王子的煩惱

到了河邊，他們停下來道別。

這花了他們很長的時間，因為上千隻猴子都想和杜立德醫生握手。

等醫生和寵物們上路後，波妮便說：

「穿過喬里金基國時要放輕腳步、輕聲細語，要是被國王聽見，他又要派士兵來抓我們了；我捉弄了他，他肯定還在生氣。」

「我煩惱的是，」醫生說，「要去哪裡弄一艘船回家呢……嗯，也許我們會在海邊發現一艘無人的船也說不定，就先別『杞人憂天』吧。」

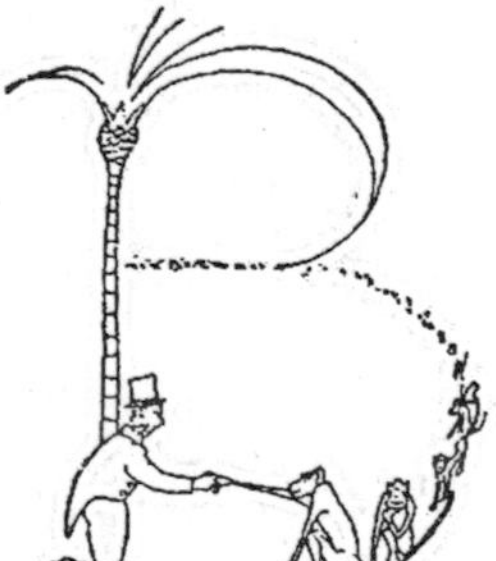

一天，他們來到一處非常濃密的森林，奇奇走在最前面尋找椰子。但是，當他一走遠，杜立德醫生和其他動物就因為不熟悉道路，而在叢林深處迷了路。他們繞來繞去，就是找不到通往海岸的路。

奇奇到處都找不到他們，非常心急。他爬到大樹上從樹頂的枝條間瞭望，希望可以看見醫生的高帽子。他揮手大喊，呼喊了每一隻動物的名字，但是一點用也沒有，他們彷彿全都消失了。

他們的確陷入了迷途，偏離了原本的路徑一大截，而叢林又非常濃密，有許多灌木、爬藤類植物和藤蔓，讓他們有時候寸步難行，醫生還得拿出小刀切砍沿途的植物。他們還誤闖沼澤地，身上纏了一大堆旋花屬植物，又被刺給劃傷，還有兩次差點在矮樹叢中弄丟醫藥包。麻煩似乎永無止境，他們往哪裡走都不對。

他們就這樣跌跌撞撞了好幾天，弄破衣服又滿臉泥巴，最後還闖進了國王的後花園，國王的手下立刻上前抓住他們。

但是波妮避開了大家的目光，飛到花園的一棵樹上，獨自躲了起來，醫生和其他動物則被帶到國王面前。

「哈哈！」國王高呼，「你們又被抓了！這次逃不掉的。把他們帶回監牢，上兩道鎖，這個白人的下半輩子都要幫我刷廚房的地板！」

於是，醫生和他的寵物被帶回監牢關了起來。醫生還被告知，隔天早上要去刷廚房地板。

他們都非常不開心。

「麻煩大了，」醫生說，「我必須回沼澤窪鎮，要是不趕快回去，可憐的水手一定以為我偷了他的船……不知道那些鉸鏈牢不牢靠。」

但是牢門非常堅固、緊緊鎖著，一點逃跑的機會也沒有。這時，葛葛又哭了起來。

這段時間，波妮都坐在花園裡的樹上，不發一語的眨著眼睛。

波妮出現這個動作，就代表大事不妙了。只要她不發一語的眨眼睛，就是有人製造了麻煩，她正在想辦法補救。而為波妮或她朋友帶來麻煩的人，通常都會後悔。

沒多久，她就發現奇奇在樹叢裡擺盪、尋找杜立德醫生。奇奇看見波妮後，便來到她所待的樹上，詢問發生了什麼事。

「醫生和動物們又被國王的人抓去關起來了，」波妮悄悄的說，「我們在叢林裡迷路，不小心闖進了皇宮的花園。」

「但是，妳不是可以帶路嗎？」奇奇問，接著開始責怪鸚鵡波妮，居然在自己去找椰子的時候讓他們迷路。

「都是那隻笨豬害的啦，」波妮說，「他一直偏離路線，想要找薑來吃，我忙著把他抓回去，遇到沼澤的時候應該要右轉的，我卻往左轉……噓——你看，邦波王子走進花園了！不能被他看見，無論如何都不能動！」

果不其然，國王的兒子邦波王子打開了花園的柵門。王子用手臂夾著一本童話故事書，在碎石步道上蹓躂，一邊哼著悲傷的歌。他一路走到樹下的石椅前——這棵樹，就是鸚鵡和猴子的藏身之處。接著，他在石椅上躺下，讀起童話故事。

奇奇和波妮動也不動，安靜的看著他。

過了一會兒，國王的兒子把書放下，疲倦的嘆了一口氣。

「如果我是個白人王子就好了！」他說，眼神裡透著不切實際的幻

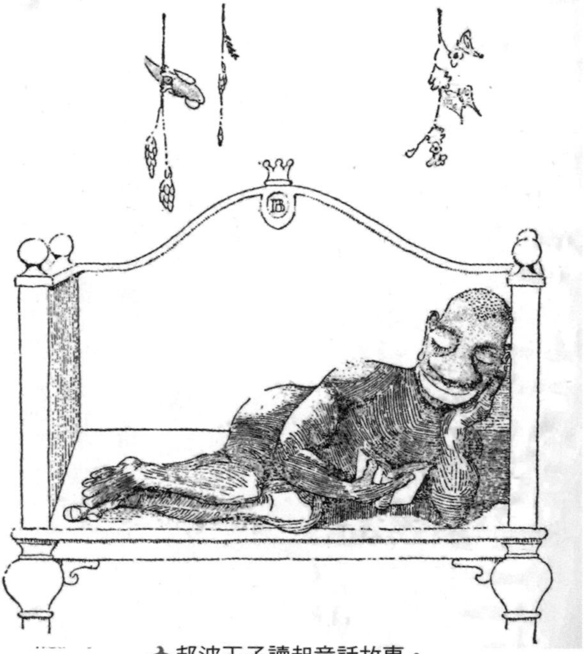
✈ 邦波王子讀起童話故事。

想。

接著，鸚鵡便用小女孩般的高音大聲說：

「邦波，也許有人可以把你變成白人王子喔。」

國王的兒子從石椅上跳起來左看右看。

「什麼聲音？」他驚呼，「大概是遠處的樹蔭中，有精靈用輕柔的聲音吟唱甜美的音樂吧！真奇怪！」

「優秀的王子啊，」波妮說，並且保持不動，以免被邦波看見，「你說得一點也沒錯，因為我——精靈女王崔絲汀卡——正在跟你說話，我隱藏在玫瑰的花苞裡。」

「噢，精靈女王，請告訴我，」邦波高興的緊握雙手央求，「誰能把我變白呢？」

「你父親的監牢裡，」鸚鵡說，「有一個聞名的巫師，名叫約翰·杜立德。他精通許多醫藥和魔法，也做了很多了不起的事，但是你的國王父親卻讓他在牢裡消磨凋零。去找他吧，勇敢的邦波，日落後偷偷的去。聽著，你將會成為最白的王子，贏得美人歸！我說得夠多，該回精靈國了，再見！」

「再見！」王子高呼，「感激不盡，好心的崔絲汀卡！」

於是王子面帶笑容的坐回椅子上，等待日落。

12 醫學與魔法

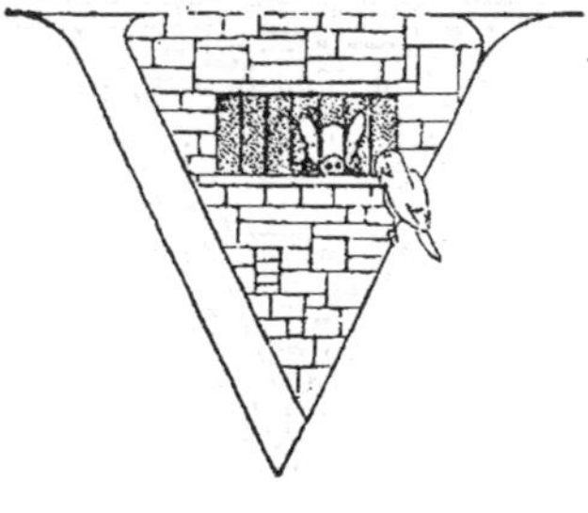

波妮非常非常安靜，在確認沒有被人看見後，便從樹的後方溜走、飛向監牢。

她發現葛葛正好把鼻子伸到窗戶柵欄外，想要聞聞皇宮廚房飄出來的菜香。她叫小豬把杜立德醫生帶到窗邊，因為她要跟他說話，於是葛葛就去把正在小睡的醫生叫醒。

「聽著，」鸚鵡在醫生出現時悄悄說，「邦波王子今晚會來見你，你要想辦法把他的皮膚變白，但是必須讓他先保證會打開牢門，還要找一艘船讓你渡海。」

「聽起來很不錯，」醫生說，「但是要把黑人變白可不是這麼簡單的事，妳說得彷彿他是一件可以重新染色的衣服。沒這麼簡單啊，『古實人豈能改變皮膚，豹豈能改變斑點』*，對吧？」

「這我不懂，」波妮不耐煩的說，「但你必須把他變白，想個辦法吧，努力想，你的包包裡還有很多藥。如果你能改變他的膚色，他什麼都願意幫你，這是我們離開監牢的唯一機會。」

「這個嘛，或許有可能做得到。」醫生說，「我看看……」接著他走向醫藥包，喃喃的說：「使用能釋出氯的物質處理色素……用含鋅的軟膏好了，姑且一試，厚厚的塗……」

那天晚上，邦波王子偷偷去找監牢裡的杜立德醫生，對他說：

「白人啊，我是個不快樂的王子，幾年前我去尋找在書裡讀到的睡美人，花了很長的時間在外遊歷。等我終於找到她時，我就像書裡寫的那樣輕輕吻她，想讓她醒來，她也的確醒來了，但她看見我時卻哭喊：『噢，是黑人！』然後就跑走了，到其他地方繼續沉睡，不願意嫁給我。所以我傷心的回來，回到我父親的王國。我聽說你是厲害的巫師，有很多厲害的藥水，所以我來找你幫忙。如果你可以把我變白，我就可以回去找睡美人了，我會把一半的王國和你想要的一切都給你。」

「邦波王子，」醫生說，看著醫藥包裡的瓶瓶罐罐思索著，「如果我把你的頭髮變成漂亮的金色，用這種方式替代，你會滿意嗎？」

「不，」邦波說，「其他方法我都不要，我就是要當白人王子。」

「要改變王子的膚色是非常困難的，」醫生說，「這對巫師來說是數一數二困難的事情，只要臉變白就可以了嗎？」

「對，這樣就可以了。」邦波說，「因為我會像白人王子那樣穿上閃閃發亮的盔甲和金屬臂鎧，還會騎在馬上。」

「整張臉都要變白嗎？」醫生說。

「對，整張臉，」邦波說，「我也想要藍色的眼睛，但我想這應該很難。」

＊編注：這句話出自《舊約聖經》中的〈耶利米書〉，其中所說的古實人一般指住在非洲古實地（今日的衣索比亞地區）的居民，某些情況下也指住在阿拉伯半島的人。

「沒錯。」醫生馬上說，「我盡力而為，不過你要耐心等待，因為有些藥效無法確定，我可能要嘗試兩、三次。你的皮膚很強健吧？看起來還可以。過來燈光下吧——噢，但是在我開始之前，你得先去海邊準備一艘船，裡面要備妥糧食讓我渡海，而且不要對任何人提起這件事。等我完成你的要求之後，你必須放我和我的動物出去，你要以喬里金基國的王位發誓！」

於是邦波王子發了誓，並前往海邊準備船隻。

王子回來後告訴醫生事情已經辦妥，於是醫生請鴨子達達取來一個臉盆，接著在臉盆裡混合許多藥物，最後請邦波把臉泡進去。

王子彎腰把臉探入臉盆裡，藥物淹到了耳朵的高度。

他就這樣泡了許久，久得連醫生都開始擔憂煩躁，並且不斷把重心從一隻腳，換到另一隻腳。醫生看著剛才使用過的瓶子，一次又一次查看上面的標籤。監牢裡充斥著一股濃濃的氣味，很像焚燒牛皮紙的味道。

最後，王子抬起了臉、大口喘氣，所有動物都驚呼了一聲。

因為王子的臉白得像雪，泥棕色的眼睛也變成了有男子氣概的灰色！

杜立德醫生借給王子一面小鏡子，他照完之後便開心的唱起歌來，開始在牢裡四處跳舞。但是醫生要他安靜一點，並急忙關上醫藥包，要王子打開牢門。

邦波央求醫生把鏡子留給他，因為喬里金基國裡一面鏡子都沒有，他想要從早到晚都能看到自己。可是醫生不願意，說自己刮鬍子時需要用到這面鏡子。

接著，王子從口袋裡拿出一串鑰匙、打開了兩個大鎖，醫生和動物們便以最快的速度跑到海岸；邦波則靠在空盪盪的地牢牆邊，臉上洋溢著幸福的笑容，他的臉就像月光下擦亮的象牙那般光亮。

當杜立德醫生與動物們來到海邊時，看見波妮和奇奇已經在船旁邊的岩石上等待他們。

「我為邦波感到難過，」醫生說，「那些藥的效果恐怕無法長久，他早上睡醒的時候很可能就會和以前一樣黑了——所以我才不想把鏡子留給他。不過他還是有可能維持白皙的樣子，畢竟我以前沒用過那樣的混合藥物。老實說，我很驚訝效果這麼好。我必須這麼做，我不可能下半輩子都幫國王刷廚房。那個廚房好髒啊！我透過監牢的窗戶看見了——哎！可憐的邦波！」

「噢，他一定會知道我們在戲弄他。」鸚鵡說。

「他們沒有權利把我們關起來，」達達生氣的搖著尾巴說，「我們又沒有傷害他們，他變黑了也是活該！我希望他黑得不得了！」

「可是他和這件事情無關啊，」醫生說，「把我們鎖起來的是國王，是他父親，這不是邦波的錯……不知道我該不該回去向他道歉——噢，等我回到沼澤窪鎮就寄一些糖果給他吧。誰知道呢？說不定他不會變黑。」

「就算他沒有變黑，睡美人也不會對他傾心的。」達達說，「我覺得他原本的樣子比較好看，不過無論他的皮膚是什麼顏色，他的樣子就是不好看。」

「但他有一副好心腸，」醫生說，「很浪漫，但是心腸很好，畢竟

『內在美才是美』。」

「我不相信那個可憐的傻瓜有找到睡美人，」小狗吉卜說，「他應該是親了某個在蘋果樹下打盹的胖農夫太太，被嚇到也不能怪她呀！不知道這次他會親誰，這件事真是太蠢了！」

接下來，雙頭羊駝、白老鼠、葛葛、達達、吉卜和貓頭鷹圖圖都和醫生一起上船，但是奇奇、波妮和鱷魚留了下來，因為這裡是他們真正的家，是他們出生的土地。

當醫生站在船上，從船側望向海面時，他突然想起沒有人可以為他們帶路，回到沼澤窪鎮。

又寬又廣的海看起來大得嚇人，在月光下讓人感到寂寞，他不禁開始想，等陸地從視線中消失，他們會不會就迷失方向了。

正當杜立德醫生這麼想的時候，夜空中出現了一個奇怪的耳語聲，動物們都從道別聲中停下來，開始聆聽。

聲音愈來愈大，似乎離他們愈來愈近——就像吹過楊柳樹的秋風，或是一陣打在屋頂上的超級大雨。

抬起鼻子、豎直了尾巴的吉卜說：

「是鳥！好多好多鳥——飛得很快——聲音是他們發出來的！」

他們全都抬起頭。在那裡，他們看見了數以萬計的鳥兒就像流水般從月亮前掠過，也像大批的小螞蟻。天空很快就布滿了鳥群，還有更多的鳥不斷飛來，愈來愈多。鳥兒的數量實在太多了，一度遮蔽了整個月亮、阻擋了光線，讓海洋愈變愈黑，有如從太陽前面穿過的暴風雲。

很快的，這些鳥降低了高度，掠過水面和陸地。上頭的夜空變得清晰，月亮也恢復了明亮。鳥群沒有鳴叫、嗚呼或鳴唱，除了愈來愈大的鳥羽窸窣聲外，一切都靜悄悄的。他們開始停在沙地上、停在船的繩索上——除了樹木以外的所有地方都是他們的歇腳處。這時候杜立德醫生看見了他們藍色的翅膀、白色的胸膛和布滿羽毛的短腿。當他們全都降落後，聲音突然消失了，一切都安靜了下來，一切都靜止了下來。

杜立德醫生在寂靜的月光下說：

「我都不知道我們在非洲待了這麼久。等我們到家時，夏天就快到了，因為這些都是北返的燕子。燕子們，謝謝你們等我們，真是貼心，

他們激動的哭泣揮手，直到再也看不見那艘船。

現在我們不用怕迷失在大海中了……起錨揚帆吧！」

船駛了出去，留下來的奇奇、波妮和鱷魚都感到非常傷心，因為沼澤窪鎮的杜立德醫生，是他們這輩子最喜愛的人。

他們一次又一次的呼喊道別，並且站在岩石上激動的哭泣揮手，直到再也看不見那艘船。

13 紅帆與藍翅膀

為了返回家鄉，杜立德醫生的船必須經過巴巴里海岸，那塊內陸是大片的沙漠、是一片寂寥的荒野地帶——全都是沙子和石頭。而這裡，也是巴巴里海盜出沒的地方。

這群邪惡的海盜等在海岸邊，準備擄走沉船的船員。如果他們看見船隻經過，也常常乘著行進快速的帆船出海追擊；等他們在海上攔截到船隻，便會劫走船上所有東西、帶走所有人員，並且把船弄沉。接著他們會唱著歌、揚帆回到巴巴里海岸，為自己造成的混亂感到驕傲。然後，他們會逼那些被抓來的人寫信回家向親友要錢，要是沒有拿到錢，

就把人丟進海裡。

風和日麗的某一天，杜立德醫生和鴨子達達在船上來回走動，藉此運動一下；清新的風帶著船前進，大家都很快樂。不一會兒，達達發現後方遙遠的海平面上，出現了另一艘船的船帆，而且是紅色的帆。

「我不喜歡那個船帆的樣子，」達達說，「我覺得那艘船不懷好意，我們恐怕又遇到麻煩了。」

在一旁晒太陽小睡的小狗吉卜開始發出低嗥，並說起夢話：

「有烤牛肉的味道，」他含糊的說，「嫩嫩的烤牛肉——上面都是咖啡色的肉汁。」

「天哪！」醫生大呼，「這隻狗是怎麼回事？一邊睡一邊聞嗅氣味？還能說話？」

「大概是吧，」達達說，「狗都能一邊睡覺一邊聞嗅周遭的味道。」

「但是，他嗅到了什麼呢？」醫生問，「船上又沒有烤牛肉。」

「是沒有，」達達說，「烤牛肉肯定是在那艘船上。」

「可是它離我們好遠啊，」醫生說，「他沒辦法嗅到這麼遠的氣味

吉卜說：「他們一定是巴巴里海盜。」

吧！」

「他可以喔，」達達說，「不然你問他。」

這時，依然在睡夢中的吉卜又開始發出低嗥，生氣的咧嘴、露出潔白的牙齒。

「壞人的味道，」他低嗥道，「是我嗅過最壞的人，我嗅到麻煩了，一場打鬥——六個可惡的壞蛋對抗一個勇敢的人，我想幫他。汪——汪！」他開始吠，吠得很大聲，把自己吵醒後，還一臉驚訝。

「看吧！」達達大呼，

「那艘船愈來愈近了，可以看見它三面大大的船帆，都是紅色的。無論他們是誰，都是來追我們的……真好奇他們的身分。」

「他們是壞水手，」吉卜說，「他們的船非常靈活快速，一定是巴巴里海盜。」

「那我們得升起更多的帆，」醫生說，「這樣才能加快速度遠離他們。快下樓，吉卜，把全部的船帆拿過來。」

吉卜趕緊跑下樓，把找得到的所有船帆拖了上來。

但是即使在船桅掛上了所有船帆，速度還是遠遠不及海盜。他們不斷從後方接近、愈來愈近。

「王子給了我們一艘爛船，」小豬葛葛說，「大概是他所有船裡最慢的一艘，比起這艘老笨船，用湯鍋當船跟他們比賽還比較有機會。看看他們有多近！都可以看見那些人臉上的鬍子了——有六個人，我們該怎麼辦？」

於是醫生請達達飛到天上，告訴燕子海盜正乘著行進快速的帆船追趕在後，問他們該怎麼辦。

燕子聽見後，都降落在杜立德醫生的船上，要他解開一些長繩、用最快的速度把長繩弄成細索，並且將細索綁在船頭。接著，燕子用腳抓住細索往前飛，拖著船前進。

雖然一、兩隻燕子的力量並不大，但是一大群燕子就不是這麼回事了。而且杜立德醫生的船上綁了上千條細索，每一條細索又有兩千隻燕子在拉，他們全都是靈快的飛鳥。

一眨眼的時間，杜立德醫生發現自己必須用雙手抓緊帽子才行，因為船正在高速前進，彷彿在一波波翻騰的浪潮上高速飛行。

當他們回頭看海盜船時，發現它愈來愈小，紅色的船帆被遠遠拋在後頭，於是船上的動物都開始大笑，並在疾風中起舞。

14 老鼠的警告

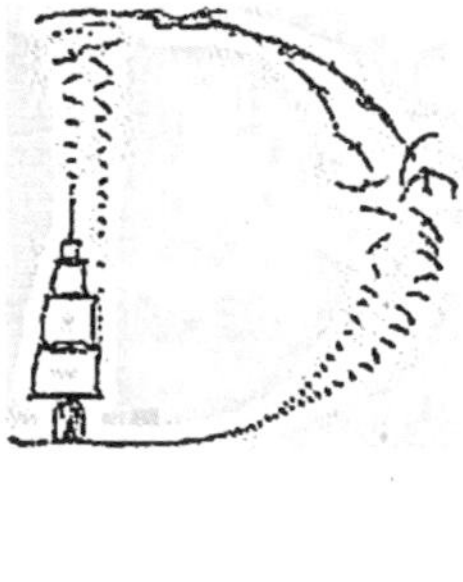

拖著船在海上飛是很辛苦的。兩、三個小時後，燕子紛紛感到疲累、上氣不接下氣。他們往下傳遞消息，表示準備休息一下，會讓船停靠在不遠的島嶼、藏在海灣深處，等燕子們恢復力氣，才會再次出發。

沒多久，杜立德醫生就看見燕子們所說的島嶼，島嶼中央有一座非常美麗的翠綠高山。

船安全的駛進外海看不見的海灣。這時候，杜立德醫生說他要到島上尋找水源，因為船上已經無水可喝了。他也叫所有動物都到草地上玩耍，伸展伸展自己的腿。

當他們下船時，杜立德醫生發現一大群老鼠也跑上甲板準備下船。吉卜開始追逐老鼠，他最喜歡玩追老鼠的遊戲了，不過醫生阻止了他。

有一隻黑色的大老鼠似乎想和醫生說話，他沿著扶手害怕的前進，並用眼角餘光不斷注意吉卜。他緊張的咳了兩、三聲，清一清鬍鬚又抹抹嘴巴，然後說：

「嗯──呃，醫生，你應該知道每艘船上都有老鼠吧？」

醫生說：「我知道。」

「你聽過『老鼠會逃離沉船』吧？」

「知道，」醫生說，「我聽說過。」

「一般人哪，」老鼠說，「說起這件事的時候都語帶嘲諷，認為這是很不光采的事。但也不能怪我們，不是嗎？畢竟，要是可以離開，誰會待在一艘要沉的船上呢？」

「這是理所當然的事，」醫生說，「非常理所當然，我十分理解……你──你是不是還有什麼話要說呢？」

「是的，」老鼠說，「我是要跟你說，我們要離開這艘船了，但是

老鼠說：「你聽過『老鼠會逃離沉船』吧？」

我們想在離開前先提醒你。這是一艘很糟的船，它不安全，船的兩側不夠堅固，也腐朽了。明天晚上以前，這艘船就會沉入海底。」

「你怎麼知道呢？」醫生問。

「我們都知道，」老鼠答道，「我們尾巴末端會有刺刺的感覺，就像你腳麻的時候。今天早上六點，當我正在吃早餐時，尾巴突然開始刺痛，一開始我以為是風溼病又犯了，所以就去問我姑姑有沒有什麼感覺——你記得她嗎？她是一隻瘦長的斑紋鼠，去年春天因為黃疸去沼澤窪鎮找過你呀？結果她說，她的尾巴也刺得跟什麼一樣！那時我們就知道了，這艘船肯定不到兩天就會沉沒，我們也決定，只要靠近陸地就盡快離開。這艘船很糟啊，醫生，別再乘這艘船航行了，否則肯定會沉的……再見！我們要在這座島上找個好地方落腳了。」

「再見！」醫生說，「也非常感謝你前來告訴我，很貼心，非常貼心！代我向你姑姑問好，我記得她……別找老鼠麻煩，吉卜！趴下！」

於是醫生和他的寵物們都下了船，在燕子休息時帶著水桶和鍋子在島上尋找水源。

「不知道這座島叫什麼名字，」醫生爬上山腰時說，「似乎是個好地方，有好多鳥啊！」

「哦，這裡是也被稱為『金絲雀群島』的『加那利群島』，」達達說，「你沒聽見金絲雀在鳴唱嗎？」

醫生停下來聆聽。

「哦，有，當然有！」他說，「我真傻啊！不知道他們能不能告訴我們該去哪裡找水。」

不一會兒，從候鳥那裡聽聞過杜立德醫生大名的金絲雀出現了，並且帶他到一座冰涼又清澈的美麗泉水邊——金絲雀以前都會來這裡洗澡。他們也帶他去看秀美的草地——那裡長了許多鳥吃的穀子——也看了島上其他的風景名勝。

雙頭羊駝很高興能來這裡，因為比起船上乾癟的蘋果，綠草實在好吃太多了。當葛葛發現長滿野生甘蔗的山谷時，也開心得尖叫。

過了一會兒，當他們吃飽喝足、躺著聽金絲雀為他們吟唱時，兩隻燕子匆匆趕來，顯得慌亂又激動。

「醫生！」他們高呼，「海盜進入海灣了，而且他們登上了你的船，在船艙裡搜刮東西，不過他們自己的船上則是一個人都沒有。如果你們趕快回到岸邊，就可以登上海盜那艘速度很快的船，趕緊逃走啦！不過你們得加快腳步。」

「這是個好主意，」醫生說，「太棒了！」

他立刻召集所有動物，和金絲雀道別後便跑下山、前往海邊。

抵達海岸邊時，他們看見了海盜的船——它有三片紅色的帆，佇立在水面上——而且就和燕子說的一樣，海盜船上一個人都沒有！海盜都在杜立德醫生那艘船的船艙裡，翻找可以搜刮的東西。

所以杜立德醫生要動物們放輕腳步，然後他們全都偷偷溜上了海盜船。

15 巴巴里的龍老大

要不是小豬葛葛吃了島上潮溼的甘蔗後著涼了，一切都會進行得很順利。事情是這樣的：

就在他們不聲不響的起錨、小心翼翼的把船駛出海灣時，葛葛突然打了一個好大的噴嚏，因此另一艘船上的海盜都趕到甲板上查看。

他們一看見杜立德醫生準備逃走，便將船駛到海灣的入口，打算阻止醫生進入外海。

接著，這些壞人的首領（他自稱「龍老大班阿里」）對醫生揮舞著拳頭，隔著海水對他們大喊：

「哈哈！你被我逮住了，朋友！想用我的船逃跑嗎？可惜你的航行技術不足以擊敗龍老大班阿里，也就是我。我要你的鴨子，還有那隻豬，我們今晚吃豬排和烤鴨。而且在我放你回家之前，你必須叫朋友寄一大箱金子過來。」

可憐的葛葛開始啜泣，達達也準備飛走逃命了，但是貓頭鷹圖圖悄悄對醫生說：

「想辦法讓他繼續說下去，醫生，別激怒他，那艘船很快就要沉了。老鼠說明天晚上之前船就會沉入海底，他們一向都說得很準。船沉沒之前別激怒他，讓他繼續說下去。」

「什麼，要等到明天晚上！」醫生說，「我盡力而為……讓我想想，該說什麼呢？」

「噢，讓他們上來吧，」小狗吉卜說，「我們對付得了那些髒兮兮的惡棍。他們只有六個，讓他們上來，等我們回到家，我就要告訴隔壁的牧羊犬我咬了一個貨真價實的海盜。我們對付得了他們！」

「可是他們有槍、有刀劍，」醫生說，「絕對不可以，我要跟他談

杜立德醫生說：「看這裡，班阿里——」

談……看這裡，班阿里——」

但是醫生還來不及多說什麼，海盜們就歡天喜地的把船靠得更近，對彼此說：「誰要第一個衝去抓那頭豬啊？」

可憐的葛葛嚇壞了；雙頭羊駝在船桅磨利自己的角，準備搏鬥；吉卜則是不停的又叫又跳，用狗的語言大罵班阿里。

但是沒多久，海盜那邊似乎不太對勁。他們不再嬉鬧說笑，而且看起來很困惑——有某件事情讓海盜們覺得很不安。

班阿里低頭往腳邊看，突然大喝一聲：

「可惡啊！大夥，這艘船在進水！」

其他海盜都靠著船緣往下一看，發現船正逐漸沉入海中。其中一位海盜對班阿里說：「可是，如果這艘船會沉，老鼠應該會逃命才對。」

這時，吉卜在另一艘船上大喊：

「你們這些大笨蛋，那艘船上已經沒有老鼠了！他們兩個小時前就走了！我才要對你們說：『哈哈！親愛的朋友！』」

不過，海盜當然聽不懂吉卜在說什麼。

船頭很快就愈沉愈低，也愈沉愈快，直到船呈現倒立的樣子。海盜們不得不抓緊扶手、船桅、繩子，以及任何能抓的東西，以免滑倒。接著，海水洶湧的撲進所有門窗；最後，船直衝海底，發出了可怕的聲響，那六個壞蛋也在海灣的深水上載浮載沉。

有的人開始游向岸邊，有的人則是想登上醫生的船。但是吉卜不斷的對他們吠叫，讓他們不敢爬上船身。

突然間，他們嚇得大喊：

「有鯊魚！鯊魚來了！在鯊魚吃掉我們之前，讓我們上船吧！救命，救命！有鯊魚！有鯊魚！」

醫生看見海灣裡到處都是大鯊魚的背鰭，敏捷的游來游去。

一隻大鯊魚靠進船邊，將吻部伸出水面對醫生說：

「你是那位有名的動物醫生，約翰．杜立德嗎？」

「是的，」杜立德醫生說，「那是我的名字。」

「這個嘛，」鯊魚說，「我們知道這些海盜很壞，尤其是班阿里。如果他們為你們帶來困擾，我們很樂意幫忙吃掉他們，這樣你就不會再有麻煩了。」

「謝謝你，」醫生說，「你們想得真是周到，不過我覺得沒有必要吃掉他們，先讓他們游一陣子，等我說可以了再讓他們上岸，好嗎？請讓班阿里游過來，我要跟他說話。」

於是鯊魚去追班阿里，將他趕到醫生面前。

「聽好了，班阿里，」杜立德醫生靠在船側說，「你這個人非常壞，我知道你殺了很多人。這些好心的鯊魚剛才說要幫我吃掉你，而少了你，對這片大海絕對是好事一件。但是，如果你願意照我說的去做，我就讓你安全的離開。」

「你要我做什麼？」海盜問，一邊緊盯在水裡嗅著他大腿的鯊魚。

「你不能再殺人、」杜立德醫生說，「不能再偷東西、不能再把船弄沉，也不能再當海盜。」

「那我要做什麼呢？」班阿里問，「我要怎麼過活？」

「你和你的手下，要在這座島上種植穀子給鳥吃，」醫生答道，「你們要幫金絲雀種穀子。」

巴巴里的龍老大氣得臉色發白，「種穀子給鳥吃！」他厭惡的抱怨，「就不能讓我當水手嗎？」

「不行，」醫生說，「你不能這麼做，你已經當水手夠久了，還讓很多好船和好人都葬身海底。所以，下半輩子你必須當平和的農人。鯊魚在等著呢，別浪費他的時間，做決定吧。」

「可惡！」班阿里喃喃的說，「穀子！」他接著又看看水裡，大鯊魚在聞他的另一隻腳。

「好吧，」他難過的說，「我們就當農夫。」

「記得，」醫生說，「如果你沒有信守承諾——要是你又開始殺人、偷東西，我會收到消息，因為金絲雀會來告訴我。我一定會想辦法懲罰你，也許我不像你那麼擅長航行，但只要魚群鳥獸是我的朋友，我就不用害怕海盜首領——就算他自詡為『巴巴里的龍老大』也一樣。去當個好農夫，過平靜的生活吧。」

接著，杜立德醫生就對大鯊魚揮手說：

「好了，讓他安全的游上岸吧。」

16 貓頭鷹圖圖的敏銳耳朵

謝過鯊魚的好意之後，杜立德醫生便和他的寵物們再次出發，乘坐揚著三張紅帆、行進快速的船回家了。

等他們駛入外海，所有動物都到船艙看看這艘新船的內部長什麼樣子，醫生則是靠著船尾的扶手、嘴裡叼著菸斗，看著加那利群島在藍色的薄暮中漸漸消失。

他站在那裡，好奇那些猴子現在過得怎麼樣，也好奇等他回到沼澤窪鎮時，他的庭院會是什麼樣子。這時候，鴨子達達帶著笑意匆匆來到甲板，似乎有什麼消息要說。

「醫生！」她高呼，「這艘海盜船真是太棒了，棒得沒話說啊！樓下的床是絲綢做的，上面有好多大枕頭和軟墊，地板有又厚又軟的地毯，餐盤是銀製的，還有很多好吃又好喝的東西，都很特別呢。那個儲藏室，嗯，根本就像一間店鋪，你絕對沒見過這樣的地方。想像一下，這些人竟然有五種不同的沙丁魚吔！來看看吧……噢，我們還發現船艙有個小房間，大家都很想進去看看，但是門鎖住了。吉卜說那裡一定是海盜藏寶物的地方，但是我們打不開，來試試看能不能讓我們進去吧。」

於是醫生下到船艙，發現這的確是一艘很美麗的船。他看見動物們聚在一扇小門旁邊，大家都在說話，想猜猜裡面有什麼。醫生轉動門把，但打不開，接著他們開始到處找鑰匙。他們找了床墊底下、每一張地毯底下、所有櫥櫃、抽屜和置物櫃，以及餐廳裡的大箱子，每一個地方都找遍了。

尋找鑰匙的過程中，他們又發現了更多好東西——這些一定都是海盜從別人的船上偷來的。有像蜘蛛絲那麼薄又繡有金黃色花朵的喀什米爾披巾、一罐又一罐來自亞買加的菸草、裝滿俄羅斯茶的精雕象牙盒、背後有一張照片且斷了一條弦的小提琴、一組以珊瑚和琥珀刻出來的西洋棋子、拉動把手就能拔出劍來的拐杖、六個杯緣鑲著綠松石和銀子的酒杯，還有一個珍珠母製成的秀美大糖罐。但是，他們在這艘船上怎麼也找不到能打開那扇門的鑰匙。

於是他們又回到門前，吉卜也從鑰匙孔往裡面窺探。但是，他只看見有個東西靠在牆上，其他什麼都看不見。

就在他們圍站在一起思考該怎麼辦時，貓頭鷹圖圖突然說：

「噓！你們聽！我真的覺得有人在裡面！」

於是大家都停下動作，醫生接著說：

「你應該弄錯了，圖圖。我什麼都沒聽見。」

「我很確定，」貓頭鷹說，「噓！又來了——你們沒聽見嗎？」

「我沒聽見，」醫生說，「是什麼樣的聲音呢？」

「我聽見有人把手插進口袋裡。」貓頭鷹說。

「可是，那個動作幾乎不會發出聲音吧，」醫生說，「從這裡聽不見的。」

「抱歉，但是我聽得到，」圖圖說，「門裡面，有人把手插進口袋裡。幾乎所有動作都會發出聲音，只要耳朵夠敏銳就能聽見。蝙蝠也覺得自己的聽力很好，可以聽見鼴鼠在地下隧道行走的聲音；但是我們貓頭鷹單靠一隻耳朵，就可以從一隻小貓在黑暗中眨眼的聲響，知道他的花色。」

「這樣啊！」醫生說，「你讓我開了眼界，真是有趣……那你再聽看看，告訴我他在做什麼。」

「我還無法確定是男人或女人，」圖圖說，「把我抬起來，讓我從鑰匙孔聽看看，我很快就可以告訴你答案。」

於是醫生抬起貓頭鷹，讓他靠近門鎖。

過了一會兒，圖圖說：

「現在，他正用左手摸臉。那是一隻小手，臉也很小，可能是女人——不，他把額頭上的頭髮往後撥了，是個男人。」

「女人有時候也會這麼做。」醫生說。

➜ 貓頭鷹圖圖說：「噓！你們聽！我真的覺得有人在裡面！」

「沒錯，」貓頭鷹說，「但是這麼做時，女人的長髮會發出完全不同的聲音……噓！叫那隻躁動的豬別動，大家暫時屏住呼吸，讓我好好聽一下。這非常困難，我現在要——這討厭的門真厚！噓！大家都不要動，閉上眼睛別呼吸。」

圖圖壓低身子，努力再聽一次，而且聽了很久。

終於，他抬頭看著醫生說：

「裡面那個人很不開心，他在哭，雖然他很小心的不發出哽咽或吸鼻子的聲音，以免被我們發現。但是我聽得很清楚，有一滴眼淚掉在他的袖子上。」

「你怎麼知道不是水從天花板滴到他身上?」葛葛問。

「吼！真是無禮！」圖圖嗤之以鼻的說，「天花板滴下來的水，聲音會是十倍大！」

「嗯，」醫生說，「如果這個可憐的傢伙不開心，那我們就要進去看看他怎麼了。找一把斧頭給我，我要把門劈開。」

17 海中的長舌族

他們一下子就找到了斧頭，杜立德醫生也迅速在門上砍出大小足以讓人爬過去的洞。

裡面很暗，一開始杜立德醫生什麼也看不到，於是點燃一根火柴。這間房間很小，不但沒有窗戶，天花板也很低，家具只有一張小凳子。房間裡有許多大桶子靠在牆邊，底部被固定著，以免因為起伏的海浪而翻倒。桶子上方有大大小小的錫製酒壺掛在木釘子上，房間裡有一股強烈的酒味。一個男孩坐在中間的地板上，大概八歲，哭得很傷心。

「我敢說，這裡一定是海盜用來存放蘭姆酒的房間！」吉卜悄悄的說。

「沒錯，到處都是蘭姆酒的味道！」葛葛說，「這個味道讓我頭都暈了。」

發現有個男人來到面前，還有這麼多動物從洞口張望，似乎把小男孩給嚇壞了。但是當他看清楚火光旁杜立德醫生的臉時，男孩就停止哭泣、站了起來。

「你跟那些海盜不是一夥的吧？」他問。

醫生仰頭大笑，男孩也笑了起來，過去牽起醫生的手。

「你的笑聲聽起來很友善，」他說，「不像海盜。你可以告訴我，我的舅舅在哪裡嗎？」

「恐怕沒辦法，」醫生說，「你最後一次見到他是什麼時候？」

「前天，」男孩說，「我和舅舅乘小船出去釣魚，然後海盜抓住了我們。他們把我們的漁船弄沉，帶我們兩個到這艘船上。他們叫我舅舅跟他們一起當海盜，因為舅舅無論在什麼樣的天氣都能航行，可是他說他不想當海盜，因為殺人、偷東西不是好漁夫該做的事。海盜首領班阿里就很生氣，咬牙切齒的說：如果舅舅不聽話，就要把他丟進海裡。他們把我帶下船艙，我聽見甲板上有爭吵的聲音，隔天他們讓我上甲板的時候，舅舅就不見了。我問那些海盜舅舅在哪裡，但他們不願意告訴我，我擔心舅舅被他們丟進海裡、淹死了。」

男孩又哭了起來。

「這個……等等，」醫生說，「別哭了，我們先去餐廳吃茶點、聊一聊吧。說不定你的舅舅很安全，你也不確定他有沒有被淹死，對吧？這就是件好消息，也許我們可以幫你找找看。我們先去吃茶點，配些草莓果醬，再看看能做些什麼。」

動物們都圍在旁邊好奇的聽，當他們到餐廳吃茶點時，鴨子達達走到醫生的椅子後面跟他說悄悄話。

「可以問問看海豚『男孩的舅舅是不是被淹死了』，他們會知道的。」

「好。」醫生說，一邊拿起第二塊果醬麵包。

「你為什麼要用舌頭發出喀啦聲啊？」男孩問。

「噢，我剛才用鴨子語說了幾個字。」醫生答道，「這位是達達，我的寵物之一。」

「我都不知道鴨子有自己的語言，」男孩說，「其他動物也是你的寵物嗎？那個有兩顆頭的奇怪傢伙是什麼？」

「噓！」醫生小聲的說，「那是『雙頭羊駝』，別讓他發現我們在討論他，他非常害羞……告訴我，你為什麼會被鎖在那個小房間？」

「海盜準備去另一艘船上偷東西時，就把我關在裡面。我聽見劈門聲的時候，還不知道門外的是誰。但是，當我發現是你的時候，就覺得很高興。你能幫我找到舅舅嗎？」

「我們會努力去找的，」醫生說，「你舅舅長什麼樣子呢？」

「他有一頭紅髮，」男孩答道，「非常的紅，他的手臂上有一個船錨刺青。他很強壯，對我很好，也是南大西洋最厲害的水手。他的漁船叫做『騷莎莉號』，是一艘有兩個船首帆的獨桅縱帆船。」

「什麼是『有兩個船首帆的獨桅縱帆船』？」葛葛悄悄的問吉卜。

「噓！就是那艘船的種類啦，」吉卜說，「別吵好嗎？」

「噢，」小豬說，「就這樣喔？我還以為是可以喝的東西。」

接下來，醫生讓男孩留在餐廳和動物們玩，自己則到甲板上尋找游經船邊的海豚。

一大群海豚很快就出現，在水裡舞動跳躍，準備前往巴西。

他們看見杜立德醫生靠在船邊的扶手，就過來看看他的情況。

杜立德醫生也問他們，是否見過一個有船錨刺青的紅髮男人。

「你是指『騷莎莉號』的船長嗎？」海豚問。

「對，」醫生說，「就是他，他是不是被淹死了？」

「他的漁船沉沒了，」海豚說，「我們看見船躺在海底，但是裡面沒有人，我們去看過了。」

「他的姪子在我的船上，」醫生說，「他很擔心他的舅舅被海盜丟進海裡，你可以好心的幫我打聽看看他是不是還活著嗎？」

「噢，他沒有被淹死，」海豚說，「如果他被淹死了，我們一定會從深海蝦那裡得到消息。我們知道大海裡的所有消息，貝類都叫我們『海中長舌族』。跟那個小男孩說聲抱歉，我們不知道他的舅舅在哪裡，但是我們很確定他沒有被淹死在海裡。」

於是杜立德醫生帶著消息跑下船艙告訴男孩，男孩也高興得拍起手來。雙頭羊駝讓男孩騎在背上，載他繞著餐桌跑；其他動物則跟在後頭拿湯匙敲打餐盤蓋，假扮成慶祝的遊行隊伍。

18 小狗吉卜的靈敏鼻子

「既然知道你舅舅沒有被丟進海裡，」杜立德醫生說，「接下來的任務就是趕快找到他。」

鴨子達達又上前悄悄的說：

「請老鷹去找吧，論視力誰都比不上老鷹，他們連在幾千公尺高的空中都能細數地上的螞蟻呢，問老鷹吧。」

於是杜立德醫生就派一隻燕子去找老鷹。

過了大約一小時，燕子帶著六種不同老鷹回來，有林鵰、白頭海鵰、吼海鵰、金鵰、禿鷹和白尾海鵰，每一隻都比男孩高兩倍。他們站在船側的扶手上，就像一列肩背渾厚、堅毅挺拔的士兵，又大又亮的黑眼珠也快速轉動，往各處掃視。

葛葛有點怕他們，便躲在木桶後面，說他覺得那些可怕的眼睛可以把他看透，知道他午餐時偷吃了什麼東西。

杜立德醫生對老鷹說：

「有個人失蹤了，是一位紅髮漁夫，手臂上有船錨的刺青，能不能請你們幫忙找呢？這個男孩是他的姪子。」

老鷹的話不多，他們全都用嘶啞的聲音說：

「為了約翰・杜立德，我們一定會全力以赴。」

接著他們就飛走了，葛葛也從木桶後面走出來目送他們。他們往上飛呀飛呀飛，愈飛愈高。接著，就在醫生快要看不見他們時，各自散開，往不同的方向飛去——東、西、南、北，看起來就像在廣闊的藍天裡悄悄移動的黑色小沙粒。

「天哪！」葛葛壓低聲音說，「飛得好高喔！他們的羽毛怎麼沒有著火呢，離太陽這麼近吔！」

老鷹離開了很久，回來時已經快要入夜了。

老鷹對醫生說：

「我們找遍了這個半球的大海、國家、島嶼、城市和村莊，但是沒有找到。我們在直布羅陀的大街上看見麵包店前的推車上有三團紅色的毛髮，不過那並不是人的頭髮，而是毛大衣的毛。無論是海上還是陸地，我們都沒有看見男孩舅舅的蹤跡，如果連我們都沒看見，那他也不可能被看見了……杜立德醫生，我們盡力了。」

於是，這六隻大鳥拍動巨翅，飛回位在山上和岩石裡的巢穴。

「那麼，」達達在他們離開後說，「現在該怎麼辦？一定要找到男孩的舅舅，沒有別的辦法。這個小傢伙還不夠大，不能自己到處遊蕩，男孩不像小鴨子，他需要受到照顧、直到年紀大一點才行……真希望猴子奇奇在這裡，他一定很快就能找到那個人。真想念奇奇！不知道他過得怎麼樣！」

「要是鸚鵡波妮跟我們在一起就好了，」白老鼠說，「她一定很快就會想到辦法。還記得她怎麼把我們再次從監牢裡救出來嗎？哎呀，她

吉卜說：「你這塊愚蠢的培根肉！」

真聰明！」

「我覺得那些老鷹一點也不厲害，」吉卜說，「就是自負而已，他們或許視力很好，但是當你要他們找人，他們就找不到了，然後還有臉回來說沒人做得到。他們就是自負而已，跟沼澤窪鎮的那隻牧羊犬一樣。那些長舌的老海豚也是，他們只知道『人不在海裡』，我們想知道的是『人在哪裡』，又不是『不在哪裡』。」

「噢，你的話太多了。」小豬葛葛說，「你說得簡單，但是要在整個地球上找人可沒這麼容易。說不定那個漁夫因為擔心男孩，頭髮都變白了，所以老鷹才找不到他。你又不是萬事通，只會說風涼話，什麼忙也幫不上。你也沒有比老鷹會找人，連和『老鷹一樣好』都稱不上。」

「是嗎？」吉卜說，「你知道的也只有這樣，你這塊愚蠢的培根肉！我只是還沒開始找而已，給我等著！」

接著吉卜去找杜立德醫生，說：「請你問問男孩，口袋裡有沒有他舅舅的東西好嗎？」

杜立德醫生問了男孩，於是男孩拿出了一枚金戒指——他原本用細繩將金戒指掛在脖子上，因為戒指比他的手指還要大。男孩說，這是當他們看見海盜時，舅舅交給他的。

吉卜嗅了嗅戒指說：「這個不太適合，問他有沒有其他東西。」

男孩從口袋裡拿出一條紅色的大手帕，並說：「這個也是我舅舅的。」

男孩一拿出來，吉卜就大喊：

「鼻菸，金戈牌的！是黑鼻菸，你沒聞到嗎？他的舅舅吸鼻菸——

問他，醫生。」

醫生又問了男孩，他回答：「對，我舅舅經常吸鼻菸。」

「很好！」吉卜說，「這下一定可以找到，簡單得跟偷喝小貓的牛奶一樣。跟男孩說，我不到一個星期就可以找到他的舅舅，我們上甲板看看風往哪裡吹吧。」

「但是天已經黑了，」醫生說，「黑漆漆的找不到人啊！」

「我不需要光，也能尋找有黑鼻菸味的人，」吉卜一邊爬上甲板一邊說，「如果他的氣味很不好找，像是衣服的纖維或是熱水的味道，就沒這麼容易分辨。但是鼻菸！嘖嘖！」

「熱水也有味道嗎？」醫生問。

「當然有，」吉卜說，「熱水的氣味和冷水差很多，溫水或冰水的氣味就真的很不好找了。有一次，我在夜裡用刮鬍子的熱水氣味追蹤某個人十幾公里，因為那個窮小子沒有錢買肥皂……現在我們來看看風朝哪個方向吹吧！在這麼遙遠的距離之下尋找氣味，風是很重要的，不能太大，還要往對的方向吹。穩定又帶著溼氣的微風最適合……哈！現在吹北風。」

吉卜走到船頭嗅了嗅風帶來的氣味，接著開始喃喃自語：

「瀝青、西班牙洋蔥、溼雨衣、碎月桂葉、燃燒的橡膠、清洗後的蕾絲窗簾——不對，我弄錯了，是晾乾後的蕾絲窗簾氣味，還有狐狸——好幾百隻——是幼小的狐狸，還有……」

「你真的可以在風裡嗅到這麼多不同的氣味？」杜立德醫生問。

「當然！」吉卜說，「這些只是容易分辨的幾種氣味、是比較強烈的氣味，就連感冒鼻塞的混種狗都聞得出來。再等一下，我會告訴你這陣風裡比較難分辨的氣味——細微的幾種。」

小狗吉卜緊閉雙眼，直直的往空中伸出鼻子，半張著嘴巴努力嗅。他好一陣子都沒有說話，就像石頭那樣一動也不動，彷彿連呼吸都沒有。最後，他終於開口了，聽起來就像在夢中悲傷的歌唱。

「磚塊，」他低聲說，「花園的牆上，因為歲月而破碎的老黃磚；杉林的溪流裡有著甜美氣息的年輕母牛；正中午陽光照耀下的鴿舍鉛製屋頂——也有可能是穀倉；胡桃木寫字桌抽屜裡的黑色孩童手套；懸鈴木下的飲水槽，滿是沙塵的路上有馬匹在暢飲；小小的蕈菇從腐爛的葉子間冒出；還有……還有……還有……」

「有歐洲防風草嗎？」葛葛問。

「沒有，」吉卜說，「你總是想到吃的。不過就是沒有歐洲防風草的味道，也沒有鼻菸，倒是有很多菸斗和香菸，還有一些雪茄。但是沒有鼻菸，我們要等待南風。」

「對，又是風的問題，」葛葛說，「我覺得，是你沒有真本事，吉卜。誰會在汪洋大海裡靠氣味找人啊！我就說你做不到吧。」

「你給我聽好，」吉卜說，他非常生氣，「待會我就去咬你的鼻子一口！不要因為醫生不讓我們教訓你，就這麼不尊重別人。」

「別吵了！」醫生說，「別吵了！別把生命浪費在這種事情上。告訴我，吉卜，你覺得那些味道是從哪裡來的？」

「英國的德文郡和威爾斯地區，大部分的味道來自這兩個地方。」吉卜說，「風是從那裡來的。」

「很好，很好！」醫生說，「這真的很厲害，非常厲害。我要寫在我的新書裡，不知道你能不能把我的嗅覺也訓練得這麼厲害……還是不要好了，也許保持現在這樣比較好，人們都說『知足常樂』啊。我們去吃晚餐吧，我肚子好餓。」

「我也是。」葛葛說。

19 孤獨的海中巨石

隔天早上，他們在絲綢床上醒來，看見太陽閃耀，風也從南邊吹來。

吉卜對南風嗅了半個小時，接著一邊搖頭、一邊去找杜立德醫生。

「我還是沒有嗅到鼻菸的氣味，」吉卜說，「要等風向轉成東風。」

但是，即使那天下午三點吹起了東風，吉卜還是沒有嗅到鼻菸的氣味。

小男孩非常失望，又哭了起來，還說看來沒有人能幫他找到舅舅。

但吉卜只對杜立德醫生說：

「跟他說，改吹西風時，就算他舅舅在中國我也能找到他——只要他還在吸黑鼻菸。」

他們等了三天才開始吹西風。這天是星期五的清晨，天才微微亮，海面上籠罩著一層像霧的細緻水氣，風很輕柔，溫暖又潮溼。吉卜一起床就跑到甲板、伸出鼻子，接著就變得非常興奮，匆匆跑下船艙叫醫生起床。

「醫生！」他高呼，「我嗅到了！醫生！醫生！起床啊！聽我說！我嗅到了！今天吹西風，裡面都是黑鼻菸的味道。上去開船吧，快呀！」

杜立德醫生連滾帶爬的下了床，來到舵前掌舵。

「我現在要去船頭，」吉卜說，「然後你要看著我的鼻子，無論我往哪裡指，你都要把船轉到那個的方向。那個人距離不遠，因為氣味很強，這陣潮溼的風太棒了。看好了！」

整個早上，吉卜都站在船的最前端，嗅著風，並且為醫生指引航行的方向；其他動物和小男孩都瞪大眼睛圍在一旁，好奇的看著吉卜。

「醫生！」吉卜高呼，「我嗅到了！」

接近午餐的時候，吉卜請鴨子達達告訴杜立德醫生自己有點擔心，也有話要和他說。於是達達便到船的另一頭找醫生。

吉卜對杜立德醫生說：

「男孩的舅舅非常飢餓，我們要讓船全速航行。」

「你怎麼知道他很飢餓呢？」醫生問。

「因為西風裡只有黑鼻菸的氣味，沒有別的了。」吉卜說，「如果他在烹煮或吃任何東西，我肯定嗅得出來，但是他連水都沒得喝，都在吸鼻菸，而且是大量的吸。氣味愈來愈強，代表我們不斷在接近，但還是要全速航行，因為我很確定他非常飢餓。」

「好吧，」醫生說，並叫達達請燕子拉船——就像被海盜追趕時那樣。

這些不屈不撓的小鳥飛了下來，將船繫在自己身上。船開始以驚人的速度乘風破浪前進，快得連海裡的魚都得跳開逃命，以免被撞上。

動物都興奮得不得了，他們不再盯著吉卜，轉而望著前方的海面，想找到那位飢餓的人所在的陸地或島嶼。

但是時間一小時、一小時的過去，船繼續在平坦的大海上飛快前進，但沒有見到任何陸地。

這時，動物們不再說話，他們靜靜的坐著，擔心又哀傷。男孩又開始難過了，吉卜也面露擔憂。

終於，就在日落之時，停在船桅頂端的貓頭鷹圖圖突然扯開嗓子高呼，把大家都嚇了一跳。

「吉卜！吉卜！前面有一座好大好大的巨石——看哪——就在海面和天空交接的地方，那裡有黃金般的陽光！氣味是從那裡傳來的嗎？」

吉卜大聲回應：

「沒錯，就是那裡，人就在那裡——終於啊，終於！」

他們靠近時，發現那座岩石非常巨大——就像一片原野那麼大。上面沒有樹也沒有草，什麼都沒有。這顆光禿禿又平滑的巨石，就像烏龜的肚子一樣。

杜立德醫生讓船繞著巨石航行，但是完全沒有看到任何人。動物們都使勁的瞇起眼睛，杜立德醫生也從船艙裡拿出望遠鏡。

可是他們連一個活生生的東西也沒看見——海鷗、海星，甚至一點碎海草也沒有。

他們靜靜站著聆聽，用耳朵搜尋任何聲音，但他們只聽見小小的波浪溫和的拍打在船側。

然後，他們開始高呼：「有人在嗎？有人在嗎？」一直喊到聲音沙啞，但只聽見從巨石傳來的回音。

小男孩哭了起來，說：「我大概再也見不到舅舅了！回家之後該怎麼跟他們說……」

但是吉卜對醫生說：「他一定在這裡，一定、一定！再過去就沒有氣味了，他一定在這裡！讓船靠近岩石，我要跳上去。」

於是杜立德醫生盡量讓船靠近，放下船錨後，就和吉卜一起下船、登上巨石。

吉卜立刻將鼻子湊到地上，開始到處奔跑。他跑上跑下、前後來回、不斷折返；他來回跑了兩次、繞來繞去。當吉卜跑到哪裡，醫生就緊緊跟在他後面，直到喘不過氣。

最後，吉卜用力吠了一聲後坐下來。醫生跑了過去，發現吉卜正望著巨石中間一個又大又深的洞。

「男孩的舅舅就在下面，」吉卜小聲的說，「難怪那些笨老鷹沒看到他！找人需要的是狗。」

於是杜立德醫生進到洞裡，這裡似乎是某種洞窟或隧道，在地底下延伸了好長一段距離。接著，他點燃火柴，開始沿著黑暗的通道前進，吉卜也跟在後面。

杜立德醫生的火柴很快就熄滅了，他得一根接著一根點。

最後，他們來到通道盡頭，醫生發現，這裡是一個由石壁圍成的小空間。

就在中間，有個頭髮豔紅的人把頭枕在手臂上睡覺！

吉卜跑上前去，嗅了嗅那個人身旁的某個東西。醫生停下腳步拾起那樣東西，那是一個很大的鼻菸盒，裡面裝著滿滿的黑鼻菸！

20 紅髮漁夫的小鎮

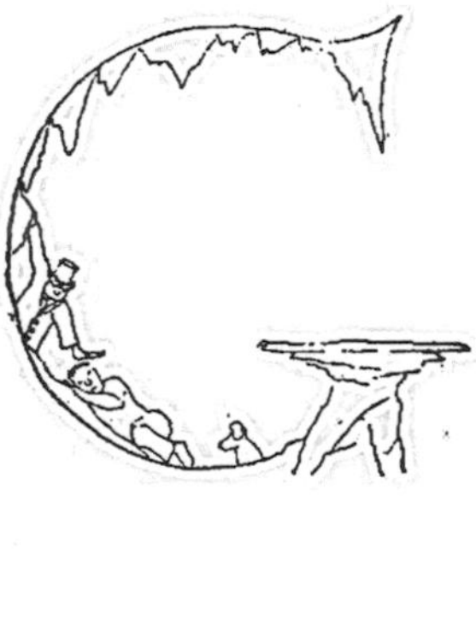

杜立德醫生非常輕柔的喚醒那個人。

但是，這時候火柴再次熄滅，那個人以為班阿里又回來了，便開始在黑暗中對醫生揮拳。

但是當杜立德醫生說明自己是誰，以及那個人的姪子安全的待在他的船上時，男人簡直高興極了，並說他很抱歉出手打了杜立德醫生。不過，醫生也沒有傷得太嚴重，因為這裡黑漆漆的，拳頭揮不準。接著，那個男人拿了一撮鼻菸給醫生。

男人告訴醫生，他不願意當海盜時，巴巴里的龍老大如何帶他到這座岩石上，又把他丟下，還有他怎麼會在洞窟裡——因為岩石上沒有房子可以取暖。

男人接著說：「我四天沒有吃、喝任何東西了，我是靠鼻菸活下來的。」

「那就對了！」吉卜說，「我之前是怎麼說的？」

於是他們又多點了幾根火柴，從通道出去，來到日光下。杜立德醫生要男人趕緊到船上喝點湯。

動物們和小男孩看見醫生和吉卜帶著一個紅髮男人回到船上時，都開始歡呼高喊，在船上到處跳舞。成千上萬隻高飛的燕子歡欣的用力發出最大的鳴嘯，因為他們找到了男孩勇敢的舅舅。燕子們的聲音好大，遠方的水手還以為有可怕的暴風要接近了。「聽，那個從東方傳來呼嘯聲哪！」他們說。

吉卜感到相當的自豪——雖然他努力不要顯得自負。當達達對他說：「吉卜，我都不知道你這麼聰明呢！」他揚起頭說：「噢，沒什麼大不了啦，不過找人還是需要狗，鳥不擅長這種事情。」

杜立德醫生問紅髮漁夫他的家在哪裡，並且在他回答之後，請燕子帶路，準備先送他回家。

當他們來到男人所說的地方之後，看見一個小漁村坐落在山腳下，山上有許多石頭。男人指了指他的房子。

男孩的母親（也是那個男人的妹妹）在他們放下船錨時跑到岸邊，又哭又笑的迎接他。她在山丘上坐了二十天，望著大海等待他們回家。

她親吻杜立德醫生好幾次，讓醫生呵呵的笑，臉紅得像個小女孩。她也想親吻吉卜，但是吉卜逃走了、躲到船上。

「親來親去的真是無聊，」吉卜說，「我可不想加入。如果她一定要親什麼東西的話，就讓她去親葛葛吧。」

漁夫和他的妹妹不希望杜立德醫生急著離開，求他多留幾天，於是星期六、星期天和星期一上午，杜立德醫生和他的動物們就留宿在他們的房子裡。

漁村裡所有男孩都來到海邊，指著那艘停靠的大船，交頭接耳：

「你看！那艘海盜船以前是班阿里的，他是七大洋上最凶惡的海

男孩的母親親吻醫生好幾次。

盜！崔維廉太太家那位戴高帽的先生，從巴巴里的龍老大手中奪走了這艘船，還讓他去當農夫。他是多麼溫和的人哪！誰想得到他能做到這些事呢？看看那紅色的船帆，是不是很邪惡呢？速度還很快呢——哎呀！」

在那兩天半當中，待在小漁村的杜立德醫生不斷受到村民的邀約，一起喝下午茶、吃午餐、晚餐和參加派對。小姐們送他一盒又一盒花朵和餅乾，村裡的樂團每天晚上都在他的窗戶下演奏歌曲。

最後，杜立德醫生說：

「善良的人們，我必須回家了。你們都非常親切，我會銘記在心。但是我該回家了，因為我必須完成某些事情。」

杜立德醫生準備離去時，村長來到街上，身旁還帶著許多身穿華麗衣裳的人。村長在醫生留宿的屋子前面停下腳步，而村裡的人都聚在一起想看看到底發生了什麼事。

當六位典禮小童吹起閃亮的喇叭，要大家安靜之後，杜立德醫生來到屋外的門階上。這時，村長也開口了：

「約翰．杜立德醫生，」他說，「我非常榮幸，能代表感激的村民，將這份小紀念品獻給在巴巴里的龍老大的地盤乘風破浪的人。」

村長從口袋裡拿出用紙巾包裹的小東西，打開後將這個美麗無瑕、背後鑲了鑽石的手錶遞給醫生。

接著，村長又從口袋拿出一包更大的東西，並說：

「那隻狗呢？」

所有人都開始尋找吉卜，最後達達在村子另一頭的馬廄空地上找到他。村子裡的狗兒都圍繞著他，滿是無法言語的仰慕與尊敬。

吉卜被帶到醫生旁邊後，村長便將那包東西打開，裡面竟然是純金打造的項圈！當村長彎下腰，親手將項圈繫在吉卜的脖子上時，村民都讚嘆連連。

項圈上寫了這幾個大字：「吉卜，全世界最勇敢的狗」。

人群接著往海邊移動，為他們送行。村裡的樂團在岸邊演奏，紅髮漁夫、他的妹妹，以及小男孩，也不斷向醫生和吉卜道謝。最後，這艘揚著紅帆、又大又靈快的船便再度出海、航向沼澤窪鎮。

21 回到沼澤窪鎮

三月的風來了又走，四月的陣雨已然結束，五月的花苞開成了花朵，六月的陽光在令人舒心的原野上閃耀，而杜立德醫生也回到了自己的國家。

不過他還沒回到沼澤窪鎮。他先是和雙頭羊駝一起乘馬車行經各地，前往每一個地區的遊樂園。在園區裡，他們身旁一邊是雜耍表演，另一邊則是木偶戲。他們會拿出大大的招牌，上面寫著：來看源自非洲叢林令人驚奇的雙頭動物，入場費六便士。

這時，雙頭羊駝會待在馬車裡，其他動物則是在馬車底下休息。醫生會坐在前面的椅子上收費，對入場的人微笑；而達達老是忙著罵醫生，因為醫生總是趁她不注意時，讓孩子免費入場。

動物園的管理員和馬戲團的表演者都來找杜立德醫生，請他把這隻奇特的動物賣給他們，還說願意為此支付一大筆錢，不過醫生總是搖搖頭說：「不，雙頭羊駝不能被關進籠子，他要和你我一樣能自由來去。」

在這段漫遊的日子裡，他們看了許多新奇好玩的表演，但是經過非洲之旅的種種驚奇之後，這些表演似乎都變得稀鬆平常。馬戲團起初還很有趣，但幾個星期之後，他們都看膩了，動物們和醫生都想回家了。

這輛小馬車吸引了大批人潮，人們以六便士的代價進去觀看雙頭羊駝，但是杜立德醫生很快就不想再進行這樣的表演了。

有一天，正值蜀葵綻放的時節，醫生荷包滿滿的回到了沼澤窪鎮，回到那間有大庭院的小房子。

跛腳老馬見到他非常開心，早已在屋簷下築巢生小寶寶的燕子也是如此。雖然有很多灰塵要清理，而且到處都是蜘蛛網，但達達也很開

✈杜立德醫生會坐在馬車前面的椅子上收費。

心，因為這間房子如此熟悉。

吉卜向隔壁那隻自負的牧羊犬展示了他的黃金項圈之後，便盡情的在庭院來回奔跑，尋找他好久以前埋下的骨頭，還把老鼠從工具間趕出來。葛葛則是在挖辣根，這棵在庭院角落牆邊的植物，已經長了一公尺高。

杜立德醫生去拜訪那位將船借給他的水手，不但買了兩艘新船給他，也買了橡膠製的娃娃給水手的小寶寶，並且和雜貨店結清去非洲旅行的食物費用。醫生還買了一台鋼琴，把白老鼠們放了進去——因為他們說，住在寫字桌的抽屜裡不舒服。

就算把置物櫃上的撲滿裝滿，杜立德醫生還是有很多多出來的錢，所以他得再買三個一樣大的撲滿，把剩餘的錢放進去。

「錢啊，」他說，「真是個麻煩的東西，不過不用擔心錢也很好。」

「沒錯，」正在烤馬芬蛋糕當茶點的達達說，「確實如此！」

冬季再次來臨，雪打在廚房的窗戶上，所有動物會在晚餐後圍坐在又大又溫暖的爐火邊，聽醫生朗讀他寫的書。

吉卜在庭院盡情的到處奔跑。

但是在遙遠的非洲，大大的金黃月色下，棕櫚樹上的猴子在睡前彼此聊著：

「不知道那個好人現在過得怎麼樣——在那個白人的國度裡呀！你們覺得他會回來嗎？」

這時，鸚鵡波妮便在藤蔓間尖聲說：

「我覺得會——我猜他會——我希望他會！」

接著，河流黑泥裡的鱷魚對他們咕噥：「他一定會的——睡覺吧！」

翻開下一頁，更多精采的冒險等著你喔！

【附錄】

天才動物醫生的冒險

看完杜立德醫生的非洲冒險後，是不是還意猶未盡呢？不過，如果是你遇到這些難關，你會怎麼選擇呢？一起來挑戰「天才動物醫生的冒險」，看看你能不能順利解決困難、走到終點吧！

恭喜你，答對了！
前往下一場冒險吧！

Q1

是哪一隻動物教會杜立德醫生動物的語言呢？

A：貓頭鷹圖圖。

B：鸚鵡波妮。

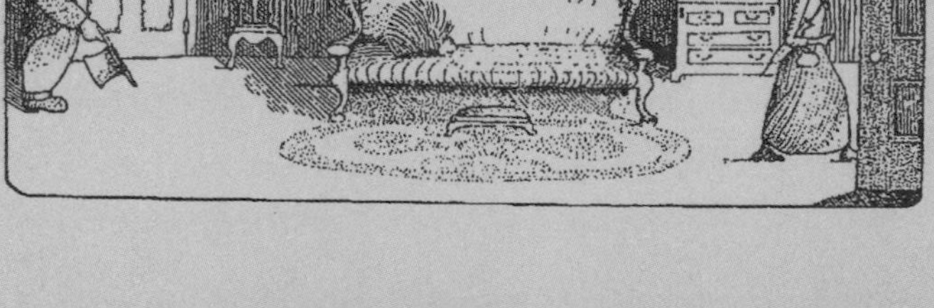

Q2

非洲猴子得了嚴重傳染病，
是哪一隻動物來通知杜立德
醫生呢？

A：麻雀。

B：燕子。

B

哎呀，答錯了。
燕子沒有帶來消息。

A

恭喜你，答對了！
前往下一場冒險吧！

Q3

杜立德醫生決定帶寵物們去
非洲，但是誰沒有去呢？

A：蝙蝠、老馬、睡鼠。

B：貓頭鷹、鴨子、小豬。

A

B

哎呀，答錯了。
杜立德醫生沒有學
會動物的語言。

恭喜你，答對
了！前往下一
場冒險吧！

哎呀，答錯了！
不是貓頭鷹圖圖
找回來的！

A

Q4

B

杜立德醫生的帽子掉入海中，是
哪一隻動物幫他找回來的呢？

A：鴨子達達。

B：貓頭鷹圖圖。

哎呀，答錯了！
杜立德醫生沒有
辦法逃出來了。

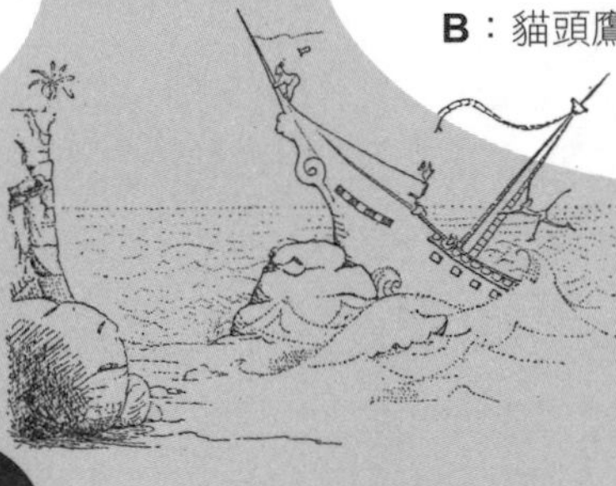

Q6

為了感謝杜立德醫生，
非洲猴子決定送他什麼
稀有動物當禮物呢？

A：獾伽狓。

B：雙頭羊駝。

B

A

恭喜你，答對
了！前往下一
場冒險吧！

哎呀，答錯了！是蝙
蝠、老馬、睡鼠沒有
一起去非洲喔。

Q5

當杜立德醫生被非洲國王抓起來、關進牢房裡時，是哪一隻動物拯救了醫生與其他動物們呢？

A：鸚鵡波妮。

B：猴子奇奇。

B

A

Q7

A

當杜立德醫生準備從非洲返回沼澤窪鎮時，哪一種動物為他帶路，以免迷失在大海中呢？

A：燕子。

B：麻雀。

B

恭喜你，答對了！前往下一場冒險吧！

恭喜你，答對了！前往下一場冒險吧！

哎呀，答錯了！非洲猴子沒有送獾伽狓給杜立德醫生。

Q8

為了躲避海盜，杜立德醫生來到了「加那利群島」，這裡也被稱作什麼群島呢？

A：金絲雀群島。

B：夜鶯群島。

A

恭喜你，答對了！前往下一場冒險吧！

B

哎呀，答錯了！這裡沒有夜鶯喔。

恭喜你，答對了！前往下一場冒險吧！

哎呀，答錯了！麻雀並沒有出現，要迷失在大海中了！

Q9

哪一種動物被稱為「海中的長舌族」呢？

A：海豚。

B：飛魚。

A

恭喜你，答對了！前往下一場冒險吧！

B

哎呀，答錯了！飛魚覺得不太高興呢！

Q10

為了幫小男孩找到不知所蹤的舅舅，杜立德醫生拜託了哪些動物幫忙呢？

A：海龜、鸚鵡、猴子。

B：海豚、老鷹、小狗。

A → 哎呀，答錯了！他們沒辦法找到小男孩的舅舅。

B → 恭喜你，答對了！前往下一場冒險吧！

Q11

小狗吉卜透過什麼氣味，找到小男孩的舅舅呢？

A：黑鼻菸。

B：煤油。

B → 哎呀，答錯了！小狗吉卜找不到小男孩的舅舅。

A → 恭喜你，答對了！完成了這場非洲大冒險～

還想看看更多杜立德醫生的故事嗎？《天才動物醫生・杜立德② 航海記》即將在2024年6月上市，記得到書店找找看喔！

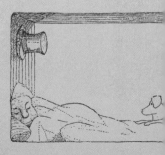

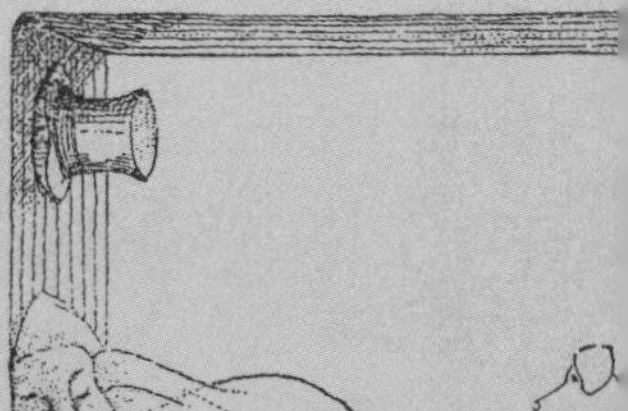

THE

Story of

DOCTOR DOLITTLE